青春阅读　幸得相见

有爱的青春陪伴者

假高冷的顾先生

JIAGAOLENGDE
GUXIANSHENG

狸子小姐 著

贵州出版集团
贵州人民出版社

图书在版编目（C I P）数据

假高冷的顾先生 / 狸子小姐著. -- 贵阳 ：贵州人民出版社，2020.7
ISBN 978-7-221-16003-4

Ⅰ. ①假… Ⅱ. ①狸… Ⅲ. ①言情小说－中国－当代 Ⅳ. ①I247.5

中国版本图书馆CIP数据核字(2020)第082015号

JIAGAOLENGDEGUXIANSHENG

假高冷的顾先生

狸子小姐／著

出版统筹：陈继光
选题策划：大鱼文化
责任编辑：赵帅红
特约编辑：伍　利　王　琼
装帧设计：小茜设计 Miniqian Designstudio　孙欣瑞
封面绘制：夏　X
出版发行：贵州人民出版社（贵阳市观山湖区会展东路SOHO办公区A座505081）
印　　刷：湖南凌宇纸品有限公司
开　　本：880×1230毫米 1/32
字　　数：188千字
印　　张：8.5
版　　次：2020年7月第1版
印　　次：2020年7月第1次印刷
书　　号：ISBN 978-7-221-16003-4
定　　价：36.80元

目录

JIAGAOLENGDEGUXIANSHENG

·楔子·

“我在找一个人，一个能杀掉我的人。”

“几百年了，她会出现吗？”

“会的，一定会出现的。”

“她若出现，那你呢？”

“我？把我的命给她。”

“她会要吗？”

“她如何能不要，那也是她的命啊。”

第一章

/ 她来了 /

01

忙中出乱，半点没错。

地上的药瓶已经四分五裂，药汁从里面缓缓漏出来，渐渐淌满一塑料袋。

“抱歉，先生……”

眼前的男人看上去很是清冷孤傲，微卷的头发长至下巴，被他随意扎在脑后，只留下一绺刘海，五官精致，神情淡漠疏离。

唐晚安紧张得下意识吞了吞口水，压下心里的焦虑，诚恳地开口：“实在不好意思，多少钱，我赔你。”

“不用。”

对方只是冷冷地看着地上的袋子，然后弯腰捡起来，朝旁边的垃圾箱走去。

晚安这人也固执，尤其还是在自己犯错的情况下，她来不及想太多，直接跑到医院引导台，写了一串数字，又附上地址，从钱包掏出全部现金，追上那男人。

“我身上只有这么多现金，不够的话，这是我的电话和单位地址。”

“不用。”男人还是这句话。

她不管不顾直接将钱和字条一股脑塞进男人手里，愧疚地深鞠了一躬：“抱歉，我现在还有事，如果需要联系我，可能得晚点。”说完，她转身朝楼上跑去。

男人下意识地看了她一眼，眼神里闪过一丝惊讶，握着钱的手微微用力，盯着她离开的身影，若有所思。

她——终于出现了。

半个小时前，陈醉的电话打来时，晚安正在实验室对着一堆实验结果沉思。

作为藤川市生化科学研究所的优秀研究员，她大多时候都泡在实验室，整日与她的小白鼠、培养皿以及一堆实验数据为伍。

陈醉评价她的生活，永远只有一个词——无趣。

这一点，她持反对意见，实验室在她看来可有趣得很，不管是那些灵动的小白鼠，还是培养皿里开出的一簇簇“花”，或者是电脑上一堆令人眼花缭乱的字母、数字，都令她着迷。

“说事儿。”

晚安一边研究着实验过程，一边漫不经心地接起电话。

“我的手断了……”

陈醉的声音从电话另一端传来，听上去委屈极了，尾音略微颤抖，想来伤得不轻。

“地点？”

“惠济医院。”

晚安顾不得下午还有会议要开，直接挂断电话，脱下身上的白大褂，马不停蹄地赶去医院，连实验室都是找人帮忙收拾的。

惠济医院离研究所不算远，晚安在门口拦了一辆出租车，二十分钟后到达目的地。

她询问到病房号，正准备上楼，结果一个不注意，在拐角与人迎面撞上，还打破了人家的药。想起楼上的陈醉，她实在没时间和人纠缠，直接将身上所有的现金给了对方，怕不够，还留下电话和地址，才继续去找陈醉。

看见半躺在病床上，看上去不算太惨烈的陈醉，她那颗紧绷的心才稍微有所缓和。

晚安几步走到陈醉面前，看见她绑着绷带的手，直接拉下脸：“你今天不是要去江州吗，现在这是怎么回事？”

“能是怎么回事，就起晚了，下楼梯的时候不小心踩空，摔下去了呗。”

陈醉撇了撇嘴，化着精致妆容的脸因为眼里的泪光变得分外我见犹怜，说话时，还带着几分哭腔，真是将委屈诠释到了极致。

晚安这才注意到，除了手，陈醉的额头也蹭破了皮。晚安低头看了眼摆在病床旁的高跟鞋：“知道起晚了，还穿什么高跟鞋。”

晚安真的不理解，明明一米六八的陈醉在女生中已经算高个儿，却永远不愿脱掉她的高跟鞋。

就算是在病床上，陈醉还是反驳得理直气壮：“你见我什么时候出门穿过平底鞋？”

“那你活该。”晚安怒道，掀开被子看见对方肿得老高的脚踝，不客气地伸手戳了戳，疼得陈醉倒吸了口凉气，在对方爆粗口之际，率先开口，“医生怎么说？”

“问题不大，没有伤到关节处，配合治疗的话基本上不会留下什么后遗症。不过，得住半个月院。”

“什么时候手术？”

“明天下午。”

“展会那边怎么办？”

“已经安排人过去了，店里又不止我一个投资人。”

高中毕业没再继续学业的陈醉，目前经营着两家美甲店，也算小有成就，今天本来是要去江州参加国内数一数二的美甲展会，不想展会没去成，反而躺在了这儿。

该问的都问完了，晚安这才打量起周围，宽敞的双人间里，目前只住着陈醉一人，房间干净，配有单独卫浴，窗户向阳，窗台还摆着两盆绿萝，不愧是藤川最好的私立医院。

她伸手问陈醉：“钥匙。”

“包里，自己拿。”陈醉抬了抬下巴，指向床头柜，临晚安出门前，又补充了一句，“给我带点吃的，麻辣烫最好。”

晚安状似没听见，直接离开。

晚安当然没有给陈醉带麻辣烫，帮陈醉收拾了行李后，就直接来了医院，唯一带的粥还是在医院食堂买的。

陈醉脸上的表情从她刚进来的欣喜渐渐变得黯淡，最后染上怒火：“唐晚安，我让你带的麻辣烫呢？”

“你还是早点适应医院的营养餐吧，还要在这儿待十多天呢。”

晚安并不怵她，替她调好餐桌，打开包装，犹豫要不要喂她。

“滚！”陈醉气得一把从晚安手里抢过勺子，也不管右手伤着，倔强地用左手十分不熟练地开始喝粥。

晚安与陈醉的情谊得追溯到高中，某次晚安忘记戴校牌被拦在校门外，陈醉一时好心便将校牌借给了她，结果自己挨了罚。

就这样，原本毫无交集的两人，竟成了好朋友，哪怕陈醉高中毕业后就早早进入社会摸爬滚打，而晚安顺利考上大学，又凭借优异的成绩进入到研究所工作，两人依旧是无话不谈的好友。

之后的很长一段时间，两人都没任何交流，一直到医生进来例行检查。

陈醉拉着的脸在医生出现的瞬间扬起笑意，连说话的声音都比平常柔了几分：“池医生，你来了。”

相比之下，池羽要冷漠得多，甚至还有几分——厌恶？

“晚上睡觉千万别碰伤口，疼是正常的，自己忍着点。”

“那要是忍不住呢？”

池羽没理陈醉，看了一下记录，又拆开她手上的绷带看了一下伤口情况，才回答她：“那就让护士给你再打一剂镇痛药。”

陈醉委屈地问道：“不能找你吗？”

“找我也是开镇痛药。”池羽冷着脸回答，在记录本上写了几个字，就直接离开。

“你这是……”

池羽一走，晚安略微疑惑地转头看向陈醉。

眼前这个还是一向推崇“单身主义”的陈醉吗？那么明显地谄媚和讨好，通常只有别人对她如此，她还向来不屑的，哪有她主动对别人这样。

“池医生是不是很帅？”陈醉问。

晚安回想了一下，池羽身形修长，五官俊朗，加上鼻梁上那副金框眼镜，不禁让人想起“温文尔雅”四个字，于是点头算是赞同。

不过说起来，她之前也见到过一个好看的人。

“重点是，他居然对我的示好无动于衷。”

提起这个，陈醉多少有些郁闷。要说她这二十几年，对她的示好无动于衷的男生，除了那个在高中每天忙着和晚安一较高低的书呆子段瑞城，就只有池羽了。

她将晚安唤过来，认真地问：“你看看，我是不是把妆捧花了，不然池医生怎么会对我毫无反应？”

晚安配合地仔细瞧了瞧：“对你自己的技术自信点。”

“那池医生怎么会对我这么冷漠？”

晚安耸了耸肩，表示不知。在她看来，池羽对陈醉可不止冷漠，可她又没读心术，哪知道对方在想什么。

直到后来，她知道陈醉刚被送来医院时，池羽帮陈醉进行过简单的治疗，而陈醉当时对才见面的池羽说的第一句话就是：“池医生，有没有患者跟你说过，你这样，好看得让人忍不住想吻你。”

回应陈醉的是患处猛地一下传来的剧痛感。

“池医生没赶你走，已经是很有涵养了。”晚安听后，公正地表示，却也忍不住好奇地问她，“你是认真的？”

“谈不上。”陈醉坦诚地回答，随即又欢喜地说，“但心动了。”

晚安没继续问下去，这方面，她给不了任何建议，整天闷在实验室的她，见的男人还没实验室的小白鼠多。

池羽在住院部转了一圈后回到办公室，推开门，看见端坐在沙发上的人，不免犯疑。

“怎么又回来了？”

这黑衫长发、眉眼清冷的男人，可不就是不久前在楼下与晚安相撞的那位——好看的人。

“药还有吗？”顾寒山问道。

“没了。”池羽解释，“你又不是不知道我有多忙，那点还是抽空弄的。”

倒不是池羽抬杠，只是他父亲池弋准备放手将医院的事务交到他手上，这段时间，他不仅要开始管理医院的事务，还要忙着治疗患者和手术，确实很忙。

如此，顾寒山也不强求：“那算了。”

这样反倒弄得池羽郁闷起来，他低头看了眼茶几，这才注意到散放在上头的现金：“这些是……”

“打破药那小丫头赔的。”顾寒山也不隐瞒，将事情简单地说了一遍。

“我的药就值这么点钱？”池羽拿起数了一遍，不乐意道，“这点钱，连药材都买不到。”

他转头看见顾寒山的神色，察觉出一丝不对劲：“恐怕不止这事儿吧？”

顾寒山端起桌上的茶，缓缓喝了一口，才说：“我好像找到她了。”

池羽表情一顿，很快恢复如常，微微勾了勾嘴角，却不见笑意：“那恭喜你。”

“客气。如此一来，你也不必为我的事太操劳。”

“那真是太好了。”

话是这么说，可池羽看上去哪有半点高兴的样子，他转身去整理办公桌，又忍不住好奇：“你在哪儿见到她的？什么时候？”

“不久前，你也见过。”

“我也见过？”

他今天在医院见的人少说也有百来个，不说他在科室的人气，就单凭他院长儿子的名号，来找他的人就不少。

想到这里，他脑海里忽然闪过一个人。

“不会是——”

可他一抬头，屋里哪还有顾寒山的身影。

“总是这样，不打招呼就走。”池羽不满地抱怨，很快，手机响了一声，收到一条转账信息，“还小气。”

02

陈醉的手术安排在下午一点。早上，池羽为了确保下午的手术顺利，过来交代了一些注意事项。

晚安当时不在，回来时正好看见池羽沉着脸从病房出来，她笑着打了声招呼："池医生，辛苦了。"

"客气。"池羽按了按眉心，看向晚安的目光倒是柔和不少，可这柔和中还带着几丝好奇。

他已经查过监控，昨天与顾寒山有接触，又与自己有接触的人，只有她——唐晚安。

这就是让顾寒山等了几百年的人吗？也没什么特别之处。

手术难度不高，不过一个半小时，池羽就顺利完成了手术。

手术室外，晚安在长椅上看着资料，直到池羽走到面前才意识到手术已经结束。她赶忙收起资料，起身问道："池医生，情况怎么样？"

"手术很顺利。"

"多谢，她什么时候能醒，有什么需要我准备的吗？"

"麻药一过，最迟傍晚会醒。到时候伤口可能会很疼，让她忍着点，有问题可以随时来找我。"

晚安一一记下，又问了饮食方面的注意点，才同池羽道别。

临走前，池羽忽然想起什么，补充道："还有她的脚，也别忘了治疗。"

晚安应下："好。"

因要照顾陈醉，晚安同研究所那边打了声招呼。前几天她基本都待在医院，一直等到陈醉的病情稍稳定后，才重新回到研究所。

晚安不在，陈醉便有了许多理由去麻烦池羽。

这不，晚安刚忙完过来，就碰见陈醉在问池羽：“池医生，能帮忙倒杯水吗？”

池羽虽不乐意，还是去倒了杯水，递给陈醉。

接过水，陈醉又问：“我这手真的没问题了？”

“你不去折，它就没有半点问题。”池羽低头检查记录，全程没有看陈醉一眼。

陈醉也不介意，讨好地说：“我就算折了，不也还有池医生吗？”

池羽总算有所动容，转头警告：“你敢！”以她的性子，他还真怕她会为了多留几天去把手给折了。

陈醉满意地扬起嘴角，含情脉脉地看着池羽：“池医生果然还是心疼我的。”

池羽没理她，做完所有的工作就直接离开，但仔细看，就会发现他耳根微微泛红。

晚安和池羽打了照面，走进病房，无奈地摇头：“你这样天天逗池医生，就不怕他直接将你赶出去？”

“你没看见他刚才害羞的样子吗？多有趣。”陈醉挑了挑眉，神情得意。

晚安不予苟同，调好餐桌，替她摆好饭菜，终是忍不住犹豫地问道：“真不打算和他们说一声？”

“说什么？”陈醉的脸瞬间拉下来，“还指望他们会过来为我掉几滴泪吗？”

陈醉家重男轻女，陈醉之前成绩并不差，否则也考不进十六中，父母却说女孩子读那么多书没用，事实上不过是要把钱留给家里不成器的弟弟。

为这事，陈醉成年后，就直接出来自己谋生，也没再主动联系过他们。

“可你一个人，能行吗？”

都说伤筋动骨一百天，医院虽然允许出院，但那只手目前并不能自如地活动，甚至还有很长一段时间的复健要做，她又是一个人住，晚安多少有些不放心。

“放心。”陈醉用略微笨拙的左手舀了一大口饭，塞进嘴里，“你看，我这不是挺好的嘛。”

晚安了解她家实情，也不好多说什么。

惠济是藤川市最好的私立医院，它建在藤川最繁华的地段上，周围的建筑早改成了商场步行街，而它却能屹立其中纹丝不动，倒有几分闹中取静的惬意。

病房里前几天来了个小孩，听说是在学校玩时，摔断了手，前天刚做完手术，患处疼得厉害，闹个不停。

晚安翻了几页资料，被吵得头疼，便同陈醉说了声要出去转转。

她转到医院天台，随便找了个地方坐下，有些后悔没带资料上来，相比较于喧闹的病房，这里简直是块宝地。

这个位置，正对着藤川市最繁华的步行街，一眼望去，灯火如豆，宛若星辰。此时已经入秋，夜晚的风多少带着几分凉意，晚安紧了紧身上的外套，望着远处，思绪也随之飘走，连有人走到身边都没察觉。

“医生没说病人不能随意走动？”

晚安闻声抬头，入眼的是一张俊美的脸，长发随意披散，被夜风轻轻扬起，看得她一愣。如果说上帝是个画家，那眼前这位该是他得意的艺术品。

“我不是患者。”晚安答道。

对方也认出她来：“是你啊。”

晚安没想到对方说完竟直接在她旁边坐下，这一举动，惹得她心跳一顿，不由得紧张起来。那天她留了电话，这些天对方一直没打电话来，她也给忙忘了，这会儿再见顿时记起来了。

“你没有联系我。”

“你有心事。”

两人同时开口，目光对上时，皆是一怔。

相较于晚安的紧张，顾寒山显得镇定得多，他神情依旧淡然：“我说过不用。”

也许是很少有人那么问她，又或者身边这人莫名让她觉得心安，于是，她诚实地答道："这所医院，是我父母最后待过的地方。"

"他们是这儿的医生？"

"不是。"晚安摇头，"他们都是研究员，发生实验事故，被送到了这儿。"

顾寒山似乎想到什么，但又不敢确定。他得到的信息里，只说她在藤川市生化研究所工作。看她的模样，顾寒山下意识地以为，她应该是一路顺风顺水长大的。

"抱歉。"

"没事。"晚安轻扬起嘴角，脸上的笑看上去有些勉强，"都好多年前的事了。"

事情发生时，她才八岁，对生死没有太大的概念，只知道他们要去很远的地方，后来她才知道，那个很远的地方，真的很远。

顾寒山看着眼前故作坚强的女孩，下意识地想伸手去抱抱她，两人不过才见两次面，她却轻易就牵动了他的心弦。可最终，他也没伸出那只手，只是将天台的空间留给了对方："我还有事，上面冷，你也别待太久。"

"好。"

从天台离开，顾寒山去了池羽的办公室，对方并不意外他的到来，只是有些疑惑："你竟然也会迟到？"

池羽看了一眼时间，与先前说的，竟晚了十几分钟，这可不像顾寒山的作风。

“路上碰见个朋友。”顾寒山不准备多做说明，在沙发上坐下，自然地跷着二郎腿，问池羽，“什么事？”

池羽打开抽屉，从里面拿出一个盒子：“这些是我这两天赶出来的，千万别再摔了。”

“多谢。”顾寒山接过。

又听见池羽开口：“老爷子说，让你有空去家里吃顿饭，估摸着是想你了。”

说起来，池家到这两辈与他还算亲近，换成平时，顾寒山一定会拒绝。几百年来，他一直和所有人都保持距离，他太清楚，一旦产生感情，分开时会多难受，可今天，他竟然意外地同意了。

“行，我有时间就过去。”说完，他并不着急离开，手指在膝盖上轻轻敲了敲，接着道，“阿羽，帮我查个人。”

池羽眸光一闪，立即想到一个人：“唐晚安？”

他并不意外池羽的知情，点了点头：“嗯，越详细越好。”

池羽推了推鼻梁上的眼镜，猜到他的意图：“行，我找人去办。”

如此，顾寒山才带着药离开。

出院前，陈醉趁着晚安去办手续的工夫，找到池羽。

“池医生，你不送送我吗？”

池羽正在看片子，微微抬眼看了眼来人，又低下头：“如果每个患者走我都要送的话，就不用上班了。”

“真冷漠。”陈醉小声嘀咕道，抿紧的嘴角看似委屈实则可爱，“好歹相处了十几天，又是生死与共的关系，怎么着也算朋友了吧。”

“你想多了。”池羽敷衍地笑了笑，指着门口，“没事的话，慢走。”

陈醉干脆以退为进，走过去俯下身，双手撑在池羽的办公桌前，用极其撩拨的语气说：“那我就不打扰池医生了，但你可千万别等我一走就把我忘了。”

池羽往后一躲，艰难地表示：“很难忘。”

要说极不耐烦，可陈醉走时，他又忍不住用余光瞥向了门口，看着她骄傲地踩着高跟鞋、挺直后背、意气风发地走出办公室的背影，不由得皱起眉头。

还真是不知悔改，手没好全，又穿上了高跟鞋。

意识到自己的想法，池羽连忙收回思绪，继续看片子。

03

陈醉刚出院那两天，晚安不放心，过去住了几晚，一直等陈醉手上的钢针拆掉，才放下心来。

耽误了一段时间，实验进度基本停滞，等一回研究所，晚安就立马投身到了实验室。

她喜欢待在实验室，有很大一部分原因是，在这里她仿佛能找到父母的影子——他们埋头工作的样子以及面对实验成功的雀跃……

同事来告诉她，沈知找她的时候，她刚从实验室出来。

外面不知道什么时候下起了雨，淅淅沥沥，加深了秋日的寒意，略微潮湿的风迎面吹来，惹得晚安打了个寒战。

她本来准备回办公室的脚步收住，转身朝另一头走去。

“教授，你找我？”

晚安敲了敲门，听见回应，才轻轻推开门。

研究所目前的所长不仅是研究所资历最老的研究员、晚安的老师，还是晚安父母的老师，在她父母离开后，甚至还担下照顾晚安的重任。

对晚安来说，他不仅是上级，是师长，也是家人。

沈知见是晚安，立即露出慈祥的笑容，上了年纪的脸上，写满了岁月的痕迹，头发也白了很多，但身体还很是健朗，否则也不会明明早该退休，却依旧在研究所工作着。

“工作还算顺利吧？”他关心地问。

“老样子，您早说过，做实验从来不要妄想一次就能成功，我们的工作就是在无数次的失败中，找到想要的答案。”

沈知露出赞许的神色：“你果然很适合做研究。”

“您叫我来，不会就为了谈这个吧？”晚安笑了笑，提醒沈知。

对方这才记起正事来：“今年来学习的学生，老卢那边已经有结果了，远帆那孩子也在里面，前几天来找我，非说要跟着你，我只能来问问你，有空带吗？”

晚安想了想，答道：“应该有，不过跟着我可有他累的。”

“那就看他熬不熬得住了。”

如此，晚安也不多做推辞。说起来，卢远帆也算她半个弟弟，父母去世后，她搬到沈知家，卢远帆是她在那边交到的第一个朋友。

“什么时候过来？”她问。

“下周。”

晚安点头：“行，那让他到时候直接来找我。”

说完这事，沈知忽然记起什么：“对了，你这周末没别的安排吧？”

“周末？”晚安想了想，才记起来周末是父母的忌日。这些年里，沈知每年都会在这一天带着她去祭拜父母，记得比她还清楚。

“没有。”

“那到时候一块儿去。”

“好。”晚安笑着应下，见没什么事，也就不多打扰，一拉开门，被冷风一吹，记起来变天了，又回头补充了一句，“教授，天凉了，您记得让卢远帆去调一下热水的温度。”

沈知连连答应：“好，我知道，你去忙吧。”

之后几天，晚安为了实验进度，几乎每晚都是深夜才从研究所离开，总算将落下的进度补上，要不是和沈教授约了周末去祭拜父母，她今晚说不定就在实验室通宵了。

想起父母，晚安多少有些难受。事故发生时，她就在现场，那从实验室冲出来的漫天火光，带着刺鼻的味道和浓密黑烟，时至今日还历历在目。

她吸了吸鼻子，压下心底溢出的情绪。

“小心！”

伴着急促的自行车铃声，一道突如其来的力量将她拉开，晚安下意识抬起头，对上一张熟悉的脸，她呼吸一顿。

事情发生得太快，慌乱之后，皆是沉默，直到那骑自行车的男孩开口询问：“没事吧？”

不等晚安回答，身旁的男人已经替她回答：“应该没事。”

那男孩看了看，见真没事，才挠了挠头发，跨上车离开。

晚安终于回过神来，慌乱地从对方怀里挣脱出来，脸颊不自然地泛起微红，头埋得低低的：“那个……谢谢。”

她还是极少见到能够将法式中长发留得这么好看的人，无论见多少次，仍觉惊艳。刚刚靠近时，她还闻见了他身上淡淡的薄荷香。

“不客气。”

顾寒山自然地收回手，低沉的声音，带着几分疏远，态度却还算柔和。

晚安看着他，欲言又止，最后不过微微俯身，与之道别。可她刚迈出脚，对方忽然开口将她喊住。

“等等，我送你。”

晚安诧异地回头，看向顾寒山，怀疑自己听错了。

顾寒山已经两步走到晚安身边，重复了一遍刚才的话：“我送你回去吧。”

这一次，晚安听得很清楚，只是……

“不用了，我自己可以。”她婉言拒绝。

眼前这个男人，虽然看上去不像坏人，但仅见过几次面的关系，甚至不知道彼此姓名，她不是十来岁的小姑娘，不会为此防线全无。

“顾寒山。”

看出她的顾虑，对方遂自我介绍道，见她不解，他又多说了几个字：“我的名字。”

晚安脑中下意识地闪过一句诗——姑苏城外寒山寺。

与眼前这人，很合适。

出于礼貌，晚安只好将自己的名字告诉对方：“唐晚安，晚上的晚，安静的安。”

就算互通完姓名，晚安也不准备让顾寒山送自己，哪知顾寒山已经率先开口：“放心，我就送你到楼下。”

对方如此客气，又一再坚持，反倒叫晚安不知如何拒绝。

“不相信我，怕我会伤害你？”

心思被人戳破，晚安多少有些不好意思，好在对方并不在意，反而坦言道：“我若真要对你做什么，会在刚刚等你被撞倒后再出现，这样，我就有理由背你回家，而你，恐怕连逃走的机会都没有。”

“可这里离我家很近。”即便如此，晚安还是带着几分警惕。

顾寒山苦笑着解释：“就当是我一时好心。”

凛凛的风，吹得晚安不自觉地缩了缩脖子，顾寒山只是安静地跟在一旁，可就算这样，那强大的气场还是让人没办法忽视他的存在，莫名地，带着几分压抑。

顾寒山将她送到楼下，真没再往前多走一步。

反倒惹得晚安为自己的防备感到羞愧，她只得笑着道谢：“谢谢你。”

“举手之劳。”说完，他直接转身离开，没有任何犹豫。

“顾寒山，”刚走没几步，晚安忽然开口唤住他，“上楼坐坐吧。”

这回换顾寒山不解了，刚刚还警惕得像只刺猬，谨慎小心，若有任何变化，他断定她的刺一定会全部张开对准他。可现在，她居然主动邀请他上楼。

见他沉默，她又补充一句：“你的手在流血。”

这下，顾寒山的表情总算有所动容，抬起晚安指的那只手，看了一眼。

这是之前急着躲开那辆自行车，不慎被旁边正在维修栅栏的铁丝划到的，伤口应该不小，否则也不会流这么多血，可他并不在意，自然也不会提起，加上穿着深色衣服，在这样的夜里，并不醒目，没想到还是叫她看见了。

对上晚安满心满眼的担忧，那句本来已经到了嘴边的“不用”，生生被他收了回去。

“那就麻烦了。”

房子是晚安父母留下的，她成年之后，就从沈教授那边搬了过来，房间的布局基本还维持着当年的样子，只是换了几件家具。

晚安没找到能用的拖鞋，干脆说：“进来吧，不用脱鞋。”

顾寒山迟疑了下，没有推辞，直接跟在她身后进去。

房子的装修有些年代，但能看出来，主人爱护得很好，房间干净整洁，没有太多装饰点缀，却不乏温馨。

晚安去卧室拿医药箱，出来的时候，顾寒山正站在电视柜前，目光停留在上面的相框上。

照片有些年岁，里面的人还穿着十几年前流行的服饰，应该是全家福，能够看出他们很幸福，只是这全家福上的人，他好像在哪儿见过。

“那是我父母。”晚安解释。

她将医药箱放在茶几上，从里面拿出需要的药品。

顾寒山跟了过来，将受伤的那只手伸到晚安面前。晚安看着半边手背的血迹，倒吸了一口凉气，他究竟是怎样顶着这么大的伤口，还装作若无其事地将她送到楼下的。

伤口的血已经干了不少，与衣服黏在一块，要分开的话，免不得要再遭次罪。

晚安小心翼翼地用酒精慢慢软化血痂，一点点将衣服挽上去，途中还不忘提醒顾寒山："可能会有点疼，我尽量轻点。"

顾寒山从头到尾没出半点声音，只是静静看着眼前的人认真地替自己处理伤口，那张小巧的脸微微皱起眉头，不觉间，竟与记忆里的某张脸重合在了一起。

那个人，也是这样瘦瘦小小的模样，同样冷静又聪明，也是这样小心翼翼地为他处理伤口，温柔地说让他忍着点。

可后来。

后来……

顾寒山收回思绪，不让自己沉溺其中。

费了好些时间，晚安才终于将衣服挽上去。长长的一道口子，占据了整个小臂，看上去还好，但流了那么多血，恐怕不会太浅。

"其实也没有多严重。"顾寒山看见她被吓到的模样，多了几分心疼，开口解释。换作平时，他才懒得说这些。

晚安忙收起情绪，准备处理伤口，开始前，她还是忍不住啰唆了声："伤口有些裂开，一会儿可能会很疼。"

"无碍。"

本是想让晚安宽心，可那语气，反倒让晚安以为他是在嫌她拖拉，她只好更加专注。

她用碘酊处理了一遍伤口，然后用纱布包好，弄完后，还是有些不放心："可以的话，你再去一趟医院吧。"

顾寒山没有回答，晚安也不介意，将药箱收拾好，重新放回房间。出来后，她走向厨房，同顾寒山说："喝杯茶再走吧。"

对方没有拒绝。

只是，当晚安从厨房出来，客厅哪里还有顾寒山的影子，只有茶几上留了一张字条——

多谢。

晚安看着桌上的字条，脑中浮现出那张冷冰冰的脸，不由得轻哼一声。

还真是个怪人。

她拿过便笺，顺手朝垃圾桶扔去，可手刚伸出去，又收了回来，将那字条收进茶几下的抽屉里。

池羽看着顾寒山手臂上的纱布，毫不客气地笑出声，凑过来端着那只手仔细看了看，故意晃着上面的蝴蝶结。

"你这是什么新造型？"

顾寒山不耐烦地甩开他，径直走向沙发坐下。伸手去拆纱布，看到上面的蝴蝶结时，他手上动作一顿，最后还是将其扯掉。

手臂的伤口已经以常人不可及的速度在愈合，不过回来的短暂路程，竟然已经结好了痂。

他将那块带血的纱布扔进垃圾桶，才终于理会池羽。

“告诉你爸，我周末过去。”

池羽没回答，拉着脸过去戳了戳他的伤口：“你手怎么伤的？”

顾寒山依旧没接池羽的话，反而提醒他：“那件事，先别跟你爸说。”

“哪件？找到她的事？”

顾寒山点头：“你爸最近身体不好，你别刺激他。”

池羽伸了个懒腰，去沙发另一头躺下，不顾顾寒山皱起的眉头，将腿搭在茶几上，感叹道：“顾寒山，说起来你可真绝情，几百年的交情了，还是把我们家当外人。”

顾寒山微微抬眼看向池羽，提醒他：“连你先祖都不敢这么和我说话。”

说起来，他和池家的交情确实不浅。当年，他痛晕在池家门口，是池家救了他，后来池家有难，他就顺势搭了把手，再后来，又好心替他们家开了间药馆。

那位与池羽有七八分相像的池家先祖向他许诺，一定会找到能够治疗他痛症的办法，可惜，对方穷尽一生也没找到。

于是，对方将这事交到后辈手里，一代又一代，行医的同时，也在他身上花尽心思，而他，就那样看着池家的小孩，一个个出生，又一个个离开，一晃眼，几百年过去了。

“说吧，查到了什么。”顾寒山开口。

池羽虽然很不情愿，但还是老实地将知道的情况一一说明。

“她父母曾是藤川生化研究所的研究员，后因实验事故，在火灾中双双去世。那件事当时闹得挺大，记者、警察都出动了，在藤川也不算秘密。

“父母去世后，她跟着父母的老师，也就是研究所现在的所长沈知一块儿生活，直到成年。读书期间成绩一直很优异，一路通畅地进了藤川大学，后来跟着沈知在研究所学习，毕业后顺利考进研究所工作。

“二十七岁，人际关系简单，除了沈知，就只有一两个好朋友，你和她在医院遇见那次，正是因为她好友当时摔断了手。”

说到最后，池羽意有所指地补充了一句：“没有男朋友。”

顾寒山瞪了池羽一眼，不予理会对方的意有所指。他拧着眉若有所思，许久之后，才低低说了一句：“那就对了。”

池羽不解：“对了？对什么了。”

“原来是那个小不点。”

“什么？”池羽这下更蒙了。

“她的命，是我救的。”顾寒山淡淡地解释。

不知道为什么，池羽竟从他的语气里，听出了一丝得意。

当时，顾寒山正巧有事在附近，他在满室浓烟中顺手救了一个小不点，自己也伤得不轻，以至于在池家躺了大半个月，伤口才全部愈合。

却不想那日他顺手救的小不点，竟然是他找了几百年的人。

所谓命运，或许就是冥冥中的注定。

“没想到几百年，你还是喜欢做大善人。”池羽也记起来，印象中，顾寒山只有那一次伤得最严重，原来是去救人了。

“那把让你悬崖勒马也算进去。”

“顾寒山，你别太过分了！”

顾寒山脸上难得浮起些许笑意，看向池羽的目光，像在看一个闹情绪的小孩子，而他下一句，更是端足了架子：“没事别老往我这儿躲。”

池羽气得从沙发上弹坐而起：“顾寒山，你怎么这么小气！”

“我累了，玩游戏的声音别太吵。”顾寒山说着，起身朝房间走去，不准备再理会池羽。

池羽不服气地努了努嘴，半眯起眼盯着顾寒山，小声嘀咕道：“要不是被老爷子控制了经济，我何至于沦落至此。”

·第二章·

/ 我来找你 /

01

晚安久违地失眠了。

昨晚顾寒山离开后，她休息了一杯茶的时间，然后迅速收拾完，躺在床上。

可已经累了好几天的她，忽然变得精神抖擞，脑海里全是那个人的影子，来回反复。

明明两人才见过几次，他却给她一种莫名的熟悉感，好像两人认识已久，让她轻易动摇，且悄然心安。

直到临近清晨，她才稍微有了困意。没睡一会儿，闹钟就响了，她费力地起床，去洗手间洗了把冷水脸，总算打起了点精神。

今天和沈教授约好了去祭拜父母，耽误不得。

吃过早餐，她开车过去接沈知，再一块儿前往墓地。

路上，沈知让晚安绕了点路，在一家老酒楼里，要了一斤纯米酒。

沈知说，她父亲很少喝酒，但纯米酒的话，他会喝一点。

晚安看着墓碑上的黑白照片，父亲还是记忆里儒雅的模样，而旁边的母亲也依旧明艳，听说以前他们可是研究所有名的金童玉女，如果没有——

她深深吸了口气，压下泛至眼底的酸楚，尽量表现得若无其事。

与她的沉默相比，沈教授倒是有许多话说，哪怕每年都差不多。她在一旁安静地听着，沈知大部分的话题都围绕着她，但她很少搭腔。

临近中午，两人才离开。

一块儿用过午餐，晚安将沈知送到家，又被他留着下了几盘棋，才离开。

沈知一个人住，一生专注研究的他，无妻无子，听说读书的时候有过一个爱人，但对方不幸年纪轻轻便因病去世，他便再没找过旁人。

晚安离开的时候，在楼下碰到卢远帆，卢远帆邀她去家里坐坐，她笑着推辞了，同时提醒他周一千万别迟到。

回到家，晚安什么也没做，躺在沙发上一觉睡到傍晚。

她给自己煮了碗面，吃完后，又在沙发上坐了会儿，觉得无聊，想着去书房找本书看看。

这间书房她其实很少进来，毕竟她在家里待的时间，还比不上在实验室待的时间长，回来也差不多收拾完就睡，就算偶尔来找些资料，也都是匆匆忙忙的。

她在书房转了一圈，无意间注意到堆在书柜旁边的一堆纸箱。

当年，父母去世之后，老家那边的表叔来过，帮忙办了葬礼，别的东西基本上就只是收到了一块儿，后来她搬进来，嫌麻烦也就没怎么动过。

很明显，这堆盒子是当年匆忙收拾，又不知道怎么处理，才放在这里的。她平时也没太去在意，许是今天去见过父母，她忽然来了兴致，想看看里面有些什么。

她慢慢打开那些盒子，里面多是资料，应该是当年他们研究时用过的。直到打开最下面的纸盒，纸盒最底下压着一个档案袋，里面有一些资料，以及一个用过的笔记本和一张合照，应该是当时的研究小组留下的。

合照上有四个人，包括她的父母和沈教授，最后一个她只有些模糊的印象，想来应该是当时一起工作的同事。

她翻开笔记本，里面是一些关于项目的记录，从记录来看，准备时间也不短，这应该是一个很庞大的研究，单单这里的记录就已经能看出实验的复杂性，资料太少，虽然看不出到底在研究什么，但能够猜到这个实验如果成功的话，能够一举震惊医学界，但她进研究所这么久，竟从来没听过任何相关实验。

她知道，很多研究所都会进行一些不公开的实验，这些项目，只会等到实验成功，才会对外宣布。

她父母的研究说不定也是，可是——

如果是准备了很久，怎么还会出现这样严重的事故？而且，事故之后，研究所难道就没有再继续研究了吗？她进研究所这么久，都没有听到过任何消息。

这很反常。要知道，如果课题没有出现极大的错误，没有任何人会突然终止所有研究，因为这意味着之前的努力全部付之东流。

太奇怪了。

想着父母的事，晚安又失眠了。

连着两天失眠，周一上班的时候，她明显有些精神不济。卢远帆报到完，见她第一眼就破口而出："唐晚安，你昨晚干什么去了？"

晚安没回答他，敷衍地笑了笑，直接在桌上找了一堆资料递给他："这两天先把这些看完，再跟着我进实验室。"

卢远帆盯着那堆资料，一脸为难："不是吧，这么多？"

"有问题？"晚安冷眼看过去，"有问题的话，别的组还有空位。"

"没有！"卢远帆连忙端正姿态，神情坚决，"我这就去。"

晚安知道自己今天状态不好，也就没往实验室里扎，干脆找了些国外的文献研究起来。

中午，她抽空去所里的资料室找了一圈，没有找到有关父母当年那个实验的任何记录。她在所里的职位并没有太高，能够查看的资料有限，看来，她只能去找一趟沈知了。

下班前，晚安抽空去了一趟沈知的办公室。见是她，沈知多少有些惊讶："晚安，有事吗？"

两人虽是上下级，又是师徒，同时还有那一层关系，但如果没事，晚安极少会主动来办公室找他。

晚安抿了抿唇，斟酌过后，缓缓开口："教授，你知道我爸妈出事那会儿，是在做什么研究吗？"

沈知拿着杯子的手不禁一抖，又不动声色地掩盖过去，然后漫不经心地开口："怎么突然想起问这个？"

"我无意间整理他们的遗物时，看到了一些资料，就想知道他们到底在研究什么。"晚安如实回答。

没人察觉到沈知暗自舒了口气，只见他略微惋惜地叹了声："那项研究由你父母全权负责，主要是针对癌细胞那一块，我也只略知一二，后来发生大火，资料基本都毁在那场大火里，你父母又发生那样的事，具体研究情况就没几个人知道了。"

所以连研究所这边也没有相关资料了吗？想来她家里那些，恐怕还是无意留下的。

"在那之后研究所就没有想过恢复研究吗？"

提起项目，沈知也很无奈："项目启动是需要资金的，出了那种事，投资人直接撤资，加上当时警方、记者都出动了，自然也不会有别的投资商愿意过来，何况当时累积下来的资料都被毁了，研究所又失去了两位重要的研究员，还谈什么继续。”

“警方那边当时是怎么说的？”

“只说是意外，原因是实验不当，加上实验楼老旧，线路老化，诸多原因引发火灾，他们本来就是来调查事故的，研究问题又不归他们管，何况当时实验室被烧得一团乱，什么都找不到。”

“这样啊。”晚安明显有些失落。

“你不会是对那个项目感兴趣吧？”沈知忍不住皱起眉，提醒她，“那个研究困难重重，具体实验过程又只有你父母清楚，我这边也没什么资料能给你，你要想做，可不是什么简单的事。”

晚安感激地笑了笑：“我知道，那我就不打扰教授了。”

她只是想知道那到底是一个什么研究，想知道他们最后究竟是在忙什么，却不想翻遍研究所，甚至还去问了沈知，也就得到一个与“癌细胞有关”的线索。沈知在研究所的资历最老，如果连他都不知道，那估计研究所就没人知道了。

从沈知的办公室离开，晚安去了一趟旧实验楼，近二十年来，研究所发展迅速，获得不少研究突破，实验楼也早盖了新的。另一边的旧实验楼虽然还保留着，也重新装修过，但基本上只给刚进来研究所的实习生用，进行一些小实验，平时基本没人。

她径直朝当时出事的那间实验室走去，这里已经完全没了过去的样子，但晚安偶尔还是会来这里坐坐，像是把这当成了秘密基地。

她在里面待到天黑，出来的时候，眼眶泛红，明显哭过。

卢远帆还在办公室看资料，她突然进去，吓了他一跳："唐晚安，你怎么还没走？"

"多忙了会儿。"晚安低头收拾着东西，顺便提醒卢远帆，"不早了，你先回家吧，没看完的明天再看。"

卢远帆正准备道谢，结果一抬头，正好对上她红彤彤的眼睛："姐，你没事吧？"

"没事。"

卢远帆不太相信："真没事，要不我送你回去？"他和晚安认识的时间不短，知道她不是那么轻易落泪的人。

"不用，你还是赶紧回去吧，免得卢叔叔还说我欺负你。"

"嘁，我爹可没那么心疼我。"卢远帆冷哼一声，却还是听话地开始收拾东西，准备下班。

02

随后的一段时间，晚安一回家就扎进书房，那几箱资料，零零散散被她翻了个遍，可除了那一个档案袋，再没了半点关于那个项目的线索。

她犹豫过后，最终还是决定去找一个人。

段瑞城刚忙完，就听说有人来找他，出来一见居然是晚安，多少有些惊讶："怎么突然想起我来了？"

晚安省去寒暄，开门见山地说："有点事找你。"

"什么事？"

"你什么时候忙完？"

段瑞城事情确实有点多，可对方都找到这儿了，他总不能当真不管吧，只能笑着说："差不多了，你等我一下。"

两人找了一家环境还不错的餐馆，一坐下，段瑞城就着急地问："说吧，找我什么事？"

段瑞城很清楚，如果不是重要的事，晚安绝不会直接找到单位来。

"我想让你帮我看看公安局这边关于我父母当年那场事故的相关记录，有没有提到当时的那场实验的。"

晚安也不客气，直接将此行的目的告诉对方。她也清楚，连研究所那边都找不到太多资料，警方这边就更不用说了，然而越是这样，她就越想知道，当年他们到底在研究什么。

他们都是优秀的研究员，他们费尽心力的研究，不应该因为这些原因就直接尘封谷底。

段瑞城挖苦道："难怪会来找我。"

晚安向来坦诚，说："我在公安局，只认识你。"

两人虽是在高中才认识，但早在之前就都听说过对方，一个年年是藤川市的第一名，而另一个永远紧随其后。

后来两人同时考入十六中，又都分在重点班，开学第一天，段瑞城就向她宣战，说这三年一定会想办法超过她。可他说得慷慨激昂，却只得到一个简单的“哦”字。

之后三年，晚安的名字依旧高高挂在红榜榜首，而段瑞城花了三年时间，也没有追上。高考后，晚安留在了本市，段瑞城去了首都，直到毕业才回来，目前是藤川市公安局的一名法医。

段瑞城的直觉敏锐，光看晚安的神情，他敢笃定，这绝不是临时起意。

“你是不是发现了什么？”

“不算。”晚安摇头，但也不打算隐瞒，“我从他们的遗物里得知了一个项目，可我在研究所没有找到任何资料，去问沈教授，他也说不太清楚，研究所的其他人也不知道这个实验的存在，这很奇怪。”

沈知说那个项目他也只是略知一二，但作为父母的导师，他不可能连研究什么都不知道，他对她有所隐瞒，甚至提醒她实行的难度，就像是阻止她去了解那个项目。

可如果只是一个简单的研究，他没必要阻止她。

“我可以帮你找找看。”段瑞城虽是答应，却也提醒她，“不过连研究所都没留下资料，公安局未必能留下什么，毕竟警察的关注点不在研究上。”

“没事，我也就是有点好奇。”

段瑞城修长的手指敲了敲桌面：“这顿饭，你请。”

晚安无奈地笑着应下：“好。”

可结账的时候，还是段瑞城去买的单。段瑞城说："让女孩子买单，我心里过意不去。"

"那就谢谢喽。"晚安大方接受。

"不用太感动。"段瑞城拍了拍晚安的肩。

晚安笑着闪身躲开："走了，记得有空帮我找一下。"

"知道。"

两人一前一后驱车离开，过了会儿，晚安的手机收到一条信息。

——到家说一声。

晚安没有立即回复，顺利到家之后，才给对方回了个电话过去。

藤川今年入冬有点早，不过几场秋雨，气温就一度偏低，大家不得不纷纷将厚外套翻了出来。

晚安怎么也没想到，会在研究所碰见顾寒山。

那天，她带着卢远帆去实验室，无意间看见跟在沈教授和一个男人身后的他，明明隔着很远的距离，可她还是一眼就认出来，那高挑的身形，在人群中似乎分外醒目。

卢远帆注意到她的目光，跟着看过去，顺口解释："听说今天顾氏那边会有人过来参观，估计就是这几位。"

"顾氏？"晚安不解。

"不是吧？"卢远帆见她一脸迷茫，不免惊讶，"我来没几天都知道研究所背后最大的投资商就是顾氏，你竟然不知道？"

晚安收回目光，实话实说："不记得。"

她确实不知道研究所幕后投资商是哪些，虽然每年也见过不少投资商，但基本都是过目就忘，就算这样她还是能确定，那些人里绝对没有顾寒山。

"好歹给谁打工也应该了解一下吧。"

"没兴趣。"

只是，她没想到顾寒山会出现在实验室门口。

"原来你在这儿。"

熟悉的声音令晚安的身体一僵，平复过后，她才慢慢转过身，目光对上那双清冷的眸子，不住地紧张。

"你……你怎么来这儿了？"

距离两人上一次见面，已经过去了小半个月，顾寒山站在门口，一件风衣将他的身形衬得修长，头发随意地扎了起来，带着几分艺术家的风范。

"我以为你知道。"顾寒山的语气听上去有些失落。

晚安尴尬地笑了笑，忙说："我应该知道。"其实她是问顾寒山怎么会来实验室，可显然，对方会错了意。

之后，两人陷入了漫长的沉默，直到卢远帆开口："姐，你们认识？"

晚安没回答卢远帆，反而问顾寒山："你有什么事吗？"

"有空带我参观一下你们研究所吗？"

他神情坦荡，像是对好友发出普通请求。然而，他可是顶着顾氏的名头来的，想参观研究所，沈知自然会安排人陪同，哪需要特意来实验室同她说，何况，他不会看不出来，她很忙。

哪怕这样，晚安还是脱下身上的外套，同旁边的卢远帆说了声：“盯着实验，做好记录，我一会儿回来。”然后几步走到顾寒山面前，“走吧，我带你在附近转转。”

晚安真带着顾寒山去了几间能够对外展览的实验室，又带他去附近转了转，事无巨细，一一说明，像极了博物馆的讲解员，直到顾寒山开口打断。

“前面为什么避开我？”

晚安下意识地停下脚步，转身看向顾寒山，一脸不解。

顾寒山只好说得更直白：“去实验室前，不是看到我了吗，怎么不过来跟我打招呼？”

原来那会儿，他也看到她了啊。

晚安尴尬地收回目光，随口找了个理由：“我以为我看错了。”

“真的？”

“我又不知道你会来。”晚安小声反驳，语气听上去有些委屈。

顾寒山看向她的目光渐渐变得柔和，最终重新迈开步子：“行，我知道了。”

没多久，顾寒山的手机响了起来，应该是顾氏的人在找他，他接起来简单解释了几句，对晚安说：“今天谢谢你，我还有事，就不过多打扰了，再见。”

“再见。”晚安回道，却在对方准备走的时候，又忍不住问，“你的手没事了吧？”

“没事了。”顾寒山难得露出一个笑脸，同时给了晚安另一个答案，“前面，我是过去找你的。”

晚安一下没反应过来，直到对方走远，才想起来，他是在回答她的第一个问题。

回到实验室，晚安免不得被盘问了一番，她不想解释太多，就只说见过几面。卢远帆显然不信，无奈晚安已经拿实验出来压他，只能悻悻闭嘴。

后来很长一段时间，卢远帆都在试图盘问细节，可晚安全然无视。

入夜，晚安套着宽大的睡衣，坐在书房的地毯上，面前是一堆杂乱的书本。

段瑞城说，有发现会来联系她，可她不是被动等待的人，总想看看父母留下的东西里还有没有别的线索被落下。

陈醉大半夜发语音过来，问她生日有什么特别想要的没。大概是又在喝酒，声音听上去有些恍惚，还略带沙哑的性感。

晚安随手回了两个字：“没有。”

“有什么安排吗？”

“没有。”

晚安对这些所谓的仪式感，没有太多兴趣，自然也不会花心思去捣腾。

陈醉大概被她这事不关己的态度弄得有些恼火，声音都大了几分："那你自己玩去吧。"

晚安听着，轻笑出声，回道："好。"

对方大概真生气了，又或者那边的酒局还在继续，总之没再发任何消息过来。晚安没多理会，以她对陈醉的了解，今晚睡一觉，明天指不定就不记得了。

父母留下的资料很多，晚安一边翻看，一边做着整理。

窗外突然闪过一瞬亮光，轰隆雷声接踵而至，很快，淅淅沥沥的小雨就模糊了窗户玻璃，再汇成水滴滑落。

她抬头看了一会儿，淅沥小雨很快变成滂沱大雨，天色也暗了一圈，伸手别说五指，就是放在跟前都未必能见着。

房间的窗户被拍得"啪啪"作响，晚安不由得打了个喷嚏。

这几天稍凉，她看完书后，准备去冲包感冒药，提前预防，结果翻出医药箱，才记起来，感冒药被她收在茶几抽屉了。

拿感冒药的时候，放在里面的便笺被她顺手带出，上面的字端端正正、刚劲有力，犹如下笔之人。

谦逊有礼，且不卑不亢，平和良善，却又客气疏冷。

初见时，太匆忙，她没来得及察觉，再见便深有体会，可上次在研究所，对方却让她又有些捉摸不透。

晚安拾起便笺，再次放回了抽屉。

彼时的顾寒山，承受着来自四肢百骸的疼痛，心脏更像是被人生生剜去，空荡且鲜血淋漓。

他一改平日的克制温和，眼睛猩红，暴虐般地砸着手能够到的任何东西。书房被他砸得乱七八糟，书柜的书、物件，甚至窗边的吊兰……紫砂茶壶碎在地上，茶水淌了一地，几张写过的宣纸落在茶水上，上面的字已经模糊，而那毛笔早断成了两截。

即便如此，身体的疼痛还是让他变得异常狂躁，池羽的药已经在最大程度上缓解着他的痛症，但也只能阻止他不会痛得失去理智。

他蜷缩在地上，牙关紧咬，身体每个细胞都像在被人撕扯，他必须全力去抵抗，才不至于暴怒发狂。

雨还在下，伴着电闪雷鸣。

几百年来，无数个雷雨夜，他都是这样，费尽心力，承受疼痛。

这是上天给他的惩罚，恩赐他平息怨念的机会，也让他用这副身体，用这疼痛记住在那一晚的种种恶行。

那一夜的血，混着雨水，漫遍了顾府。

他孤身一人，手执一剑，伤痕累累，立于万人中央，宛如地狱归来的魔鬼。

那些人，从他手中将怜春抢走，将他打成重伤，在他垂死之际当着他的面将怜春残忍杀害，可他已经没有力气去战斗，只能眼睁睁地看着那张曾经温暖明媚的脸庞，渐渐黯淡，失去光华。

可他救不了她，换句话说，是他害了她。

她好心救他一命，可他贪婪地爱上她，不顾顾家的任务，妄想离开顾家，甚至还自大地以为能护好她。

满腔的悔恨，渗透到灵魂。

最后，他醒了。

在心跳停止后，又醒了过来，或者说，是重新活了过来。

孤寂的山野，躺着不少尸体，包括不远处的她。泡在雨水里的身体，面色惨白，冰冷僵硬，他爬过去，为她拂去脸上的泥水，一遍又一遍地唤着她的名字，却再也等不到回应。

心脏像被人给生生剜去，痛到不能呼吸。

他这一生，孤苦又艰难，幼时因灾变成孤儿，后被顾家收养，刀尖利刃里爬过，好不容易成为顾家在暗夜里最锋利的一把刀，见惯鲜血和死亡的他，早让自己成了无心之人。

是她，让他这颗冰冷僵硬的心漾起波澜，让他以为找到了神明，能去往天堂，却忘记了，自己早就身在地狱，他不仅没能逃出地狱，还拉下了他的神明。

既然如此，那就让所有人通通下地狱吧。

他回到顾家，眼都不眨一下地将这里化为修罗场。

那之后的几百年来，每个暴雨夜，他都得承受那份剜心剔骨的痛。这是代价，让他从死里活过来，将所有人拉下地狱的代价。

而他也成了不老不死的怪物，他尝试过无数方法来杀死自己，都没有用。

他被禁锢在了这世上，带着痛，带着悔恨与内疚，一直存活着。

一直到凌晨两点，雨势才渐渐变小，灰暗的天空，沉得好像压在了头顶。

顾寒山缓了好久，才终于有力气站起来，他唇色惨白，目光落在凌乱的房间时，神色凝重。

已经……不能等了。

03

研究所。

今天的午餐是麻辣牛肉和酸菜鱼。

卢远帆已经从食堂阿姨那边拿到了一手消息，打了声招呼早早过去，生怕去晚了就没了。晚安故意在实验室多待了一会儿，错过人流高峰，去的时候，食堂已经没剩多少人，她环视了一圈四周，最后朝窗边的餐桌走去。

她入座没一会儿，沈知就来了，在她对面坐下。

两人都是忙起来就找不着北的人，如果不是主动联系，很少能在研究院碰上。

“沈教授，您也才忙完？”晚安主动打招呼。

“多看了两眼文件。”沈知微微颔首解释，过了会儿，他似闲聊般地开口问起，“远帆表现怎么样？前几天他爸还同我说起，怕给你惹麻烦。”

晚安笑答：“挺好，操作能力与理解能力都不错，是个好苗子。”

“能让你这么说，看来是真不错。”沈知对她还是很放心的，又想起刚才在路上，听大家聊起昨天聚餐的事，遂好奇地问，“听说昨天他们小聚了一下，你去了没？”

“没，昨天实验室有事，脱不开身。”晚安照实回答。

事实上，她与沈知生活多年，他像是相信她能够处理好自己的事情，很少会主动闲聊这些，不过很快，她就听出了他的意图。

“别总待在实验室，有时间也要和大家出去玩玩。”

晚安抬头看了眼教授，心里了然，嘴上应道：“好。”

“周末没人约你出去？小段呢？”

段瑞城是沈知为数不多知道的她的同学之一，毕竟她和段瑞城在学校僵持不下的时候，每次家长会都能被拿来当标榜。

晚安多少有些无奈：“教授，我忙，人家段瑞城也不闲着。”

“你们这些年轻人啊……”沈知摆出一副说教的姿态，“你年纪也不小了，真遇到觉得合适的，可以适当接触一下。”

“教授。”晚安假意拉下脸，“您一个人不也挺好的嘛。”

“真没遇到合适的？”

晚安失笑：“合适的实验对象倒是不少，这不正在慢慢研究嘛，合适的人，我上哪儿去遇见啊。”

“我这儿倒有一个，要不你们接触接触？”

原来，这才是目的所在。

“研究所目前可没给我这个闲暇。”晚安提醒他，她真的很忙，或者，是她根本就不想应付这些人情往来。

可沈知像是听不懂她的言外之意，已经开始介绍起来：“对方条件、人品都很不错，就性子稍微冷了点，不过胜在绅士懂礼。”

听他这么一说，晚安脑海里下意识映出顾寒山的脸来，但很快便理智道：“教授，我暂时——”

沈知像是知道她会说什么，也就不准备给她开口的机会：“先认识一下，别的你们自己决定。我回头把你的联系方式给他，到时候你们自己看着来，可以吗？”

晚安本还想说什么，但看着教授这么真诚的样子，最终败下阵来：“行吧。”

见她答应，沈知眼睛都亮了几分：“那就这么说定了。”完了，还不忘继续游说，“对方是真的还不错。”

晚安笑而不答。

这顿饭，吃得还真艰难。

送走沈知，晚安长叹了口气，拿着筷子戳了戳没怎么动过的饭，挑了块牛肉放进嘴里，嚼了两下，冷了，勉强吃了几口，最后拿去倒掉。

稍晚时候，段瑞城打电话过来，问她有没有时间。

想来是公安局那边的事情有了结果，晚安处理完手上的活儿，没再继续实验，交代卢远帆将先前的数据做下整理，明天一早给她。

两人找了个餐馆碰面，位置不错，正好离两人都不远。

“这是当时的一些调查记录，我私下打听过了，当时警方主要是调查有无人为故意造成事故的可能，排除这一可能后，就直接结案了，你说的那个研究，并没有太多记录。”

刚一入座，段瑞城就将资料袋交给晚安。

“物证那边呢，有线索吗？”

“物证哪能那么容易拿到，不过我已经和公安局那边申请重新鉴定，看看有没有特别的地方，但你也别抱太大期望，都过去了这么久，估计也查不到什么。”

“谢了。”晚安小心地将资料收起来，虽然早知道不一定有线索，但还是有些失落。

等菜的空隙，段瑞城开口问她：“最近忙吗？”

“老样子。”晚安笑道，顺便提起，“前段时间，藤大那边送了几个学生过来，卢远帆也在里面，死活要跟着我。”

高中毕业那晚，聚餐结束后，段瑞城送晚安回去，在门口正好碰见打球回来的卢远帆。那会儿才刚进初中的卢远帆，就已经一米七多，晚安在他面前反而像个小孩子。他见送她回来的是个男生，二话没说，直接将她拉到身后，冷着脸同对方道了声谢，就上楼了。之后，卢远帆硬是将晚安审问了一个小时，见真问不出什么，才作罢。

后来大学假期，段瑞城又来找过几次晚安，卢远帆每次都紧随其后。

段瑞城脸上的笑容有些无奈：“那小子还是爱黏着你。”

晚安耸了耸肩：“没办法，小时候他身体不好，正好我不喜欢出门，他爸妈就直接把他往我这儿塞，让我帮忙看着点，后来想想，大概也有沈教授的意思。”

段瑞城温柔地扬起嘴角，突然，不知道从哪儿变出一个礼物，推到晚安面前：“生日快乐。”

晚安一惊，笑着收下：“谢谢。”

“下周我要去外地出差，来不了。”段瑞城解释。

晚安抬头，对上段瑞城的目光，那样直接明朗的注视，眸中的深意太过明显，惹得她动作一僵。

陈醉老早就提醒过她，段瑞城对她或许已经不仅是同学情谊，只是那会儿她一边忙研究生的事情，一边在争取研究所的名额，没心思琢磨这些，后来，她瞧段瑞城好像也没这意思，就没再管。

可刚刚，她也感觉到了。

她虽然迟钝，但还不傻，这么多年来，段瑞城一开始与她敌对，后来两人互相勉励，也算是藤川十六中的一段佳话，她一直将他当成可敬的对手、可信任的伙伴，除此之外再无其他。

正巧这时候，菜端了上来，而段瑞城适时找了其他话题盖过去，脸上表情也早恢复如常，仿佛方才只是她的错觉。

晚餐结束，两人各回各家。

分开前，段瑞城似有话要说，但最终只是笑着与她道别。

两人认识这么多年，他轻易就能知道对方什么时候需要什么，也不会给对方困扰。

从餐馆离开，晚安马不停蹄地回到家，哪怕段瑞城已经说过，里面并没有怎么提到所谓的研究，但她还是急切地想去了解，哪怕只言片语。

事故发生时，她才八岁，和往常差不多的下午，放学后，校车将她送到研究所，她在父母的办公室一边写作业，一边等他们下班。

可那一天，她没等到他们下班，只见漫天的火光从实验室冲出来，带着刺鼻的味道和浓密黑烟。

她只记得，当时她无措地冲进那片火光里，慌张地呼喊着他们，但没有回应，最后她被浓烟呛晕，再醒来已经在医院。

她甚至没来得及见父母最后一面，他们就变成了冰冷墓碑上的黑白照片。

看着这些调查记录，那时的场景，又历历在目。

上面的结论是实验事故及电路老化引起火灾，致使人员伤亡，当时实验楼还有很多人在，其他人只是受了些小伤，只有她父母，不仅在事故现场，又在火灾源头，救出来后，立马被送去医院进行急救，可惜最后还是双双去世。

公安局曾做过详细的调查，无奈没查到特殊原因，最后只好定案。

果然，里面对研究的提及少之又少，就算提及也都是一些零碎的情况，没有太多用处。

这些年，她一直努力地生活着，她知道，只有她过得很好，才能让所有人放心。

可有时候她还是会羡慕，羡慕那些能够躺在母亲怀里哭泣，能够在每一个骄傲的时刻都有人为其鼓掌的人。

她深吸了口气，压下满腔的情绪，想着，或许应该去找一趟池医生。

生日当天，陈醉为了防止晚安找借口推辞，什么都没说，直接找来研究所。

这人毫不见外，找了张空椅子直接坐在她旁边，严肃认真地吩咐道："唐晚安，有什么事，最好马上给我在下班前处理完。"

卢远帆刚从实验室记了一串数据回来，见陈醉在，不免诧异："陈醉姐，你怎么有空来这儿了？"

陈醉同样惊讶："你怎么在这儿？"

"商业合作。"卢远帆将资料递给晚安，转头解释，"院里有研究所的推荐名额，我一不小心就进来了。"

陈醉疑惑，赶紧向晚安求证："你们研究所现在要求都这么低了？”

晚安没空理他们，随口答道：“关系户。”

这么说卢远帆就不服气了，他撇着嘴小声嘀咕道：“你们在哪儿见过考第一的关系户。”

见两人都没理他，他只得闷闷回到座位，忙自己的去了。

过了会儿，晚安将他喊过来，指了指他前面带过来的记录：“再去一趟实验室，抽组数据做个测试，我一会儿要。”

卢远帆为难地指了指电脑右下角：“快下班了。”

“少啰唆，我等着要。”

如此，卢远帆只能再去一趟实验室，争取以最快的速度将她要的资料送到她手上。

卢远帆一走，陈醉立即不满地问她：“不能明天再做？”

“明天有别的安排。”晚安手指飞快地敲着键盘，连头都不转一下。

陈醉倒是没再多说，低头继续玩手机，一直等到卢远帆回来，将事情都处理完，三人才从研究所离开。

本来的安排里是没有卢远帆的，但那小子得知陈醉是过来给晚安过生日后，非要跟着，怎么都不肯走，最后干脆让他充当一下临时司机。

路上，晚安没头没尾地问陈醉：“池医生一般什么时候在医院？”

陈醉想了下，如实回答：“正常情况白天都在，不过周三、周四手术可能会有点多，很难找到人。”回答完，她觉出不对劲，“你问这个干什么？”

“有点事找他。”晚安并不准备详细说明，只是解释，“和研究有关。”

陈醉觉得无趣，也没兴趣：“还以为你要去替我评理呢，正准备叫你别动脸。”

晚安笑着说：“你需要的话，也可以。”

卢远帆将车开到陈醉指定的那家火锅店，让她们先下车，再去找停车位。

说起来，藤川还真没有陈醉不知道的好地方，她每天除去盯着两家美甲店，就是忙着出入藤川的各大社交场所，晚安有时还真羡慕她的精力。

出于偷懒，晚安恭敬地将菜单递给陈醉：“辛苦了。”

陈醉差不多点完，那头卢远帆也来了，在菜单上又添了两样，直接下单。服务员似乎与陈醉认识，与陈醉交谈了几句，给他们打了个小折，这才离开。

要说陈醉和卢远帆的初见，还带着几分浪漫元素。

那天下雨，不巧晚安忘了带伞，沈知又在加班，正在愁该怎么回家时，卢远帆出现了，他们一起回家，碰巧与罚抄完作业回家的陈醉在校门口遇见。

卢远帆看见陈醉的第一眼，便大叹惊为天人，而陈醉也觉得卢远帆英姿俊秀，但很快，卢远帆打听到陈醉的事迹后，就对她十分警惕，几次提醒，生怕对方带坏晚安，而陈醉也对他的无礼表示嫌弃。

这不，两人聊了没几句，又呛了起来。

晚安一旁看戏似的笑着，并不准备调解。有时候，她又觉得命运对她好像还不错，让她结识到这些贴心好友。

能让陈醉诚挚推荐的地方，果然挑不出半点差错，如果没有中途推进来，让晚安恨不得找个地洞钻下去的生日蛋糕，以及那首响彻全场的《生日快乐》的话。

“陈醉，你疯了？”

晚安无奈地笑着，接受陈醉生日祝福的同时，嘴上还是忍不住吐槽。

陈醉对自己的作品倒是相当满意，尤其是看到晚安一脸的无可奈何，她指着被服务员点好蜡烛端上来的生日蛋糕，催促道：“快点许愿，蜡烛快燃完了。”

一切结束，卢远帆难得冲陈醉竖起拇指夸赞：“姐，真有你的。”

陈醉得意地挑了挑眉：“小意思。”

吃完火锅，晚安没想到陈醉会提议去酒吧，那地方，她虽然没少和陈醉去，可现在……她看了一眼前座的卢远帆：“还真去啊？”

陈醉反问：“不然这么早回去睡觉？”

她提醒陈醉："那他呢？"

陈醉凝眉想了想，俯身问道："小屁孩，成年没？"

"当然。"

得到答案，陈醉得意地朝晚安扬了下下巴："看吧，成年了。"然后冲卢远帆说，"那姐一会儿带你打开新世界。"

段瑞城很早之前就问过晚安，到底是怎么受得了陈醉这想一出是一出的性子，现在想想，大概是不管对方怎么闹，总会留一个舒适的位置安放她。

就像现在，陈醉虽然带着卢远帆在酒吧游走，气氛一片大好，却早早将她安排在吧台，甚至还替她点好了酒。

"听说今天你生日，这杯送你。"

"你也知道？"

"陈醉一大早就在朋友圈说了。"

老板与陈醉熟识，自然也认识她，这也是陈醉会这么放心地将她放在这儿的原因。

"小姐，一个人？"

不爱热闹，在这种场合落单，总会让人误会成寂寞。好在不用晚安开口，老板已经面带笑容，自然地将两人隔开："不好意思，她在等我。"

晚安没管那人，只是将面前空了的酒杯倒满，对老板说："多谢。"

陈醉第一次带她来的时候，得意地介绍完她后，老板一脸不可置信地盯着她看了半天，忍不住问：“研究所的小姑娘会喜欢这儿？”

晚安诚实地回答他：“不喜欢，但也不讨厌。”

犹如此刻，她对这吵闹的环境依旧喜欢不起来，却还是坦然坐在这儿。

此后，没有不识趣的人上前搭讪，老板也已经招呼其他客人去了，她就坐在吧台角落，闷不作声一杯接一杯地喝着酒。

这段时间，她一直急切又渴望地想知道父母离世前到底在研究什么，她有预感，一定是很了不得的事情，如果可以，她确实想继续研究，可她找了这么久，就连研究所的资料库都被她翻了个遍，也没找到半点线索。

她像无头苍蝇一样瞎撞，任何与那件事有关的线索她都找遍了，却毫无收获，她始终不相信，那场大火会烧毁所有。

一定还会留下什么，一定！

直到她将一整瓶酒喝完，准备再要时，老板过来扣下了她的酒杯，眼里的笑容深邃：“你醉了。”

“是吗？”

晚安没做任何坚持，直接将酒杯递给老板，既然说她醉了，她不喝便是。

等陈醉玩了一圈回来，晚安已经趴在吧台睡着了，老板见他们来，松了口气，指了指晚安：“扛走吧。”

陈醉不可置信地看了看老板，又看了看晚安："她喝了多少？"她没少带晚安来这儿，还是头一次见晚安喝醉。

老板朝吧台的空瓶挑了挑眉："就这些，哦，我还送了她一杯。"

陈醉撂了下头发，下意识地骂了句脏话，拍着额头，试图让自己清醒一点，刷卡结账，命令卢远帆扛着晚安离开。

都喝了酒，车肯定是不能开的，好在酒吧门口的代驾不难找。

车上，卢远帆从方才的热闹里冷静下来，不满地指责陈醉："你看看，害我姐喝成这样，明天还怎么去上班？"

"又不是我抓着酒杯灌的。"陈醉没好气地反驳，眉头紧皱着，看着晚安，若有所思了半天，问道，"她最近是不是遇到什么事了？"

"没吧。"卢远帆费力想了想，"不过确实比以前忙，每天实验室和办公室两头跑，像是在准备什么新研究。"

陈醉不是第一天认识晚安，一个研究，不至于让她喝成这样，不过看卢远帆一脸茫然，也不指望能问出什么。

第三章

/ 我信任你 /

01

“唐晚安，你是不是有事瞒着我？”

一大清早，晚安睁开眼，就对上一张十分严肃的脸，陈醉冷漠无情地审视着她。

就算是宿醉刚醒，头疼得像是要炸掉，晚安还是很快就反应过来，试图回避。不过，陈醉没给她回避的机会：“不说你就死定了。”

晚安倒不是真想瞒着陈醉，只是不觉得非要提起，她沉默了片刻，最终还是将想要恢复父母那项研究的前因后果都讲了一遍。

陈醉听完，脸上的表情有所缓和，气呼呼地戳着晚安的脑袋，教训道：“就这么点事，你还打算瞒着我，还把自己喝得烂醉。没线索就找线索，找不到就慢慢找。你是谁，唐晚安啊，从小到大就没有输过的唐晚安呢，怎么能被这么点事拦住……”

也不知道是陈醉哪句话刺激了晚安，惹得她直接笑出声来，扑过去抱住陈醉：“醉醉，你真好。”

从她得知那个研究开始，所有人都告诉她，没有资料想要恢复困难重重，只有陈醉，义正词严地同她说找不到就慢慢找，觉得她一定可以做到。

陈醉被她吓了一跳，试图避开，没躲开后，只好敷衍地拍着她的背，告诉她：“快起来，早餐在桌上，帮你请假了，听说你这段时间都没怎么睡，一会儿吃完再睡会儿。”

晚安点头答应，在陈醉脸上亲了一下，忍着头疼欢快地朝洗手间走去。

陈醉坐在床边看着她离去的身影，露出无奈的笑容，谁能想到，在实验室里一丝不苟的唐晚安，竟然也有这样可爱的一面。

吃过早餐后，陈醉就去了店里，晚安喝了一杯蜂蜜水，头还有些昏沉沉的，想说去床上再躺一下，结果直接一觉睡到下午。

电话响起的时候，她还有些迷迷糊糊，好半天才看清来电显示的陌生号码，没想太多直接按下接听键：“你好，有什么事吗？”

那沙哑充满磁性，还略带慵懒的声音，让对方顿了一下，才开口问道：“你好，有时间方便见一面吗？”

“抱歉，你是？”

“我以为沈知已经同你说过我了。”

晚安脑海似有电流淌过，人一下清醒过来，忙起身坐直，端正道：“不好意思，教授确实提起过。”

沈知其实给过她对方的联系方式，只是她没当回事，加上对方一直没联系她，她也就给忘了。

晚安知道躲不过，想着今天反正也请假了，就不做推辞：“什么时候？”

“今天可以吗？告诉我地址，我一会儿来接你。”

既然对方这么主动，晚安也懒得折腾，直接将地址告诉对方。

结束通话，她揉了揉额头，低声咒骂了一声，起床去冰箱拿了瓶酸奶，喝完才开始收拾自己。她虽然不太情愿，但碍于沈教授的面子，也不能失礼。

大约半个小时后，对方告诉晚安，已经到楼下了。

晚安站在全身镜前看了看，确认没有任何差错，才带上钥匙出门。

今天难得是个大晴天，下午的阳光暖洋洋的，晚安穿着一条碎花长裙，搭了件小皮衣，脚上是双细高跟。

陈醉要是看见她这身打扮，指不定会赞叹一番，毕竟平时待在实验室的她，穿着总是干净利落的，对方已经不止一次说她是在暴殄天物，白费了这份姿色。

不想让对方等太久，她脚上步伐有些仓促，看清站在小区门口的人时，动作一顿，险些崴到脚，四目相对，一切了然。

在沈教授介绍的时候，她没多想，刚刚接电话的时候，也没多想，那现在，恐怕就由不得她再想了。

难怪！难怪沈教授会特意找她，难怪她接电话时，会觉得声音似乎在哪儿听过。

相比较她的后知后觉，对方似乎早就知晓。

“上车吧。”

他浅笑着，绅士地替她打开车门，却不着急催她。

晚安稍稍平复了一下情绪，尽量让自己保持镇定。她从未对这次相亲抱有任何幻想，也未曾料到对象竟会是——顾寒山。

她就算再孤陋寡闻，对顾氏还是有所了解的，作为本市各大企业里的翘楚，涉猎领域极广，且样样出色。之前相识，只对他印象颇深，却未联想至此，直到他随顾氏的人一块儿来所里参观。

也是，能有那般气度，处事泰然，怎不非富即贵。

而现在，这位非富即贵的男人，同她面对面坐在一张餐桌上，举手投足皆显风度。

晚安解释：“沈教授没说那个人是你。”

“我也是得知你的电话号码后才知晓。”顾寒山脸上露出淡淡笑容，一瞬间，让她差点失了神。

即便如此，她还是真诚表示：“顾先生，我想沈教授可能误会了，我暂时并没有时间和精力来经营一段感情，也没有想要谈感情的心思，所以抱歉，恐怕要让你白跑一趟了。”

连称呼都换成顾先生，这看似礼貌，却疏远至极的称呼。

“还以为我应该可以。”顾寒山一时失笑，表情无奈。

晚安脸色一僵，表情瞬间沉下来：“以顾先生的身份，身边应该不缺女人，会单身怕只是因为不想要，能来找我，大概也是家里人相逼，既然这样，倒不如大家开心吃顿饭，只当这是误会。”

“所以，我被拒绝了？”

顾寒山收起脸上的笑意，低着眼眸，手指有意无意敲着桌面。

餐厅里舒缓的音乐，没有缓解两人之间紧张的气氛，反而让人觉得时间越发难挨。晚安不知道他到底是什么心思，想到对方还是研究所的投资商，连教授都得敬上三分，心里不由得后怕。

漫长的沉默后，就在晚安准备道歉前，顾寒山薄唇轻启：“无碍，我这次来找你，本来也是为了别的事。”他顿了顿，抬头直视着晚安，“我打听到你想干什么，或许，我可以帮你。”

晚安下意识地拧起眉头，看向顾寒山的目光多了几分警惕。

为了弄清研究情况，她确实找过不少人，但绝不至于尽人皆知，他究竟是从何得知的。她脑海里闪过一个人，难道是——沈教授？

顾寒山倒是不介意她的抗拒，反而直接表明目的：“当然，我这么做也有我的目的。我对那个项目感兴趣，如果启动，必须是和我们顾氏合作，具体合作事宜，会有专业的团队与你们商谈。”

要说之前，顾寒山在她面前，一直都谦逊绅士，那么现在，他简直就是个十足的商人。

不愧是姓顾，就算不在那张谈判桌上，他们依旧对交易兴趣十足，只是这个交易，晚安还找不到非要配合的理由。

晚安很快从一开始的紧张里冷静下来，她严肃地问："既然你都能查到，又为什么还非要来找我？"

"因为，我信任你。"

这种话，用来骗十八岁的小姑娘还差不多，可她唐晚安明年都二十八了，她可不认为以两人仅见过三次面的关系，这么快就扯上信任了。

"投资项目，是需要花不少钱的，先不说顾氏会不会同意你的提案，你既然调查过我，就应该知道，我手里有关研究的资料不足以去完成任何研究，根本不值得你去投资。"

"值不值得，由我这个投资人说了算。"他眼里含笑，却没让人感到任何暖意，"毕竟，我们顾氏最不缺的就是钱了。"

听顾寒山的语气，晚安猜他手里或许应该有线索，否则不会来找她说这些。

"你凭什么让我相信？"

"就凭我是顾氏的人，而当年那个项目，应该也是顾氏投资的。"

原来是这样，既然如此，晚安也不再多做犹豫："行，我答应你。"

"既然这样，我再重新做个自我介绍，顾寒山，顾氏目前的背后掌权人，也是你们研究所最大的幕后投资者。关于研究所的情况，我手里的消息肯定比你的要多，包括你父母的。”

明明早就有所察觉，可听顾寒山亲口说出来，晚安心里还是别有一番滋味，而当提及她的父母时，她眸光一闪，哪怕很快掩盖过去，也还是被顾寒山抓到了。

“我想你也查过，那个项目，研究所并没有过多记录，那是因为那次的项目是顾氏与他们两人单独合作的，研究内容是，可控癌细胞的无限增殖，应该说，是在可控的无限分裂细胞中，提取有效的抑制素，再进行相应研究，以便制出特效药。

“你应该知道，目前临床上不管是什么药物，都只是单方面地在消灭癌细胞，而我们顾氏想要的，是直接从癌细胞本身出发，有效控制它的增殖，至于是病前还是病后，就要看研究成果了。”

这样的研究，在世界各大研究所并不少，也不需要如此保密。

很显然，晚安意识到了这一点：“只是这样？”

“当然不。”顾寒山坦然承认，“仅仅是这样，研究所没必要绝口不提。”

“我还有一个问题，你提到的可控无限分裂细胞，据我所知，并不存在。”

如果细胞的无限分裂变得可控，那么当人体内的各大细胞都具有无限分裂能力，且遵循细胞的正常分裂周期生长，那么人类就会——长生不死?

“或许这世上真有那种东西。”顾寒山说得坦然又平静，就好像真见过一般。

晚安不免犯疑，她盯着顾寒山，想从中看出些许破绽，然而，没有，对方冷静得让人根本捕捉不到情绪波动。

如果是这样的话，事情就解释得通了。

研究所为什么没有几个人知道那个项目，为什么没有留下任何资料，因为样本本身就是绝对不能公开的。

只是，这世上哪里会有那种东西。

用餐结束，顾寒山将她送回家，下车前，晚安忽然开口：“那天救我，真的只是碰巧撞见？”

那个时间点，怎么会那么巧，刚好路过那里的人就是他，刚好还救了她。

顾寒山搭在腿上的手在她看不见的地方顿了一下，随即不动声色地抬上方向盘，冷静地转头看向对方，回答：“当然。”

目光对上，沉默片刻，晚安忽然低头轻笑一声：“谢谢，我到了。”

“再见。”

晚安推开车门下去，转过身后，她脸上的笑意也随即收起，脸色不自觉地变得凝重。

顾寒山透过车窗看着晚安离去的背影，伸手扯了扯脖颈上的领带，另一只手有意无意地敲着方向盘，最后轻笑一声，神情略显无奈。

他要她做的，可不仅仅是这些啊。

引擎启动的声音，直到晚安走到电梯门口才响起，她已经听不到，此刻的她，还在想着顾寒山饭桌上的话，总觉得哪里好像不对。

02

从晚安那儿离开，顾寒山顺道去买了杯咖啡，看到橱柜里的甜点，鬼使神差买了一份。推开家门，他就见到池羽盘腿坐在沙发上，电视屏幕停留在游戏界面。

“什么时候来的？”

顾寒山将咖啡和甜点放在桌上，伸手抓掉头上的皮筋，脱掉身上的西装外套，随意地扔在沙发上。宽松的深色衬衫配上他微卷的长发，整个人看上去带着几分西方人的慵懒与性感。

池羽准备去喝他的咖啡，结果被他用眼神喝住，只能默默换了方向，拆开甜点，边吃边说：“刚来不久。”

“真把这儿当自己家了？”

顾寒山优雅地喝了一口咖啡，虽然语气平和，但池羽清楚，对方是在提醒他的擅入。

池羽厚着脸皮假装没听出顾寒山的潜台词：“哥，几百年的交情，不是一家人也更胜一家人，你说是不是？”

他就是料定顾寒山不会真将他赶出去，如果这样，顾寒山大可以一开始就不告诉他门锁密码，所以干脆拿出这套说辞，将他一军。

可惜，顾寒山根本不给他任何面子：“不是。”

这下，池羽不乐意了：“那你怎么还让老爷子去联系沈知，撮合你和唐晚安。”

顾寒山直接偷换概念：“大概是为了报复当年我在他憧憬自由的时候，站在了你爷爷那边。”

“放屁。”池羽不悦地反驳，“老爷子现在别提多爱我妈，哪有心思和你计较你那些陈年旧事。”

顾寒山伸手将几缕碎发别到耳后，不准备和他继续争论，可池羽还在兴头上：“也是难得，老爷子让你回家吃饭，请了大半个月，你愣是没动，结果好不容易去了，还是让他帮你牵线搭桥。”

“难为你特地过来替他鸣不平。”

“还行，只是我家老爷子还以为你真喜欢上人家姑娘了，去找沈知时别提多高兴，把你夸得天花乱坠。他要知道你别有目的，现在估计就要愁该怎么劝你才对得起列祖列宗。”

顾寒山的眸光一沉，半眯起眼，似是在笑，却更像警告地看着池羽。

“变着法子教训我？”

“不敢。”池羽却没有半点惧色，反而疑惑道，“只是……你找唐晚安也不是一两次了，何必再去劳烦老爷子，还绕这么大一圈。”

他和晚安并非没有交情，以顾氏的身份约她出来说那一番话，聊合作，也不是问题。

可他不仅特意回了次池家，还特意让老爷子去找沈知，通过沈知再来牵这个线，看上去实在多此一举，那么目的是——

“那丫头很聪明，我直接找她，她一定会找人调查我。”

“送她一份假资料，对你来说，又不是难事。”

“她很信任沈知。”

如果他直接去找她，她肯定不会这么快答应，甚至还会对他产生隔阂，但借着沈知的由头，再加上有顾氏作背景，她就算想再多，也绝对想不到他究竟要干什么。

有些事，虽然早晚会知道，但绝不是现在。

“说到底，是你还不够信任她。”

“我是要把命交给她。”

他要她做的事情，可不是一句信任就够了的事，他必须慎之又慎，这是他几百年才等来的机会，绝不能出半点差错。

“何况，我这几百年，完全相信的人没几个。”

这些，他没必要和池羽细说。

几百年来，他与池家一直保持着一定的距离，池家的无数先辈，或是敬畏他，或是感激他，就算是最初那位，也是一直将他视为恩人，不敢逾距半分，池羽是个例外。

池羽不会摆出一副恭敬的姿态，也不会谨小慎微生怕得罪他，更像是将他当成朋友，在他面前口无遮拦，毫无惧意。

池羽很不给面子地轻嗤一声："虽然你从来没有说过几百年前你到底是干什么的，但我猜绝对不是什么好差事。"

"什么时候走？"顾寒山没兴致听这小屁孩挖苦自己。

池羽往沙发上一躺，表示："明天，老爷子现在撒手不管医院的事，我好不容易寻到空隙就近来你这儿休息，顺便看你一眼，你该知足。"

"不用。"

说着，顾寒山起身朝书房走去，走了几步又想起什么，转身道："那丫头这几天可能会去找你。"

有时候，池羽还真是不明白顾寒山到底是怎么想的，明明对唐晚安的行踪了如指掌，却又装作毫不知情。

真费劲。

果然，几天后，唐晚安出现在了池羽办公室。

"池医生，有空吗？"

"有事？"

池羽拿出一贯的好脾气，却又不敢表现得太过热情。顾寒山虽然亲自吩咐要照顾好她，但如果让她看出端倪，回去免不得挨顿骂。

"我有件事想请你帮个忙。"

"说吧，我们也算是朋友，只要是我能帮的，一定义不容辞。"

如此，晚安就不客气了："藤川市研究所当年的事故不知道你听没听说过，当时有两名患者被送到贵医院，他们是我的父母，可以的话，我想见见当时的主治医生。”

“这个……”池羽的眉头下意识地挑了一下，敛眸犹豫了会儿。

直到晚安准备再次开口解释时，才听见他说：“这我可能需要让人去找找当时的诊疗记录。”

毕竟是过去了这么久的事，加上池羽刚接手医院事务不久，知道的确实不多。

“那就麻烦池医生了。”

晚安起身深鞠了一躬，吓得池羽搭在椅角的脚一滑，赶忙状似淡定地浅笑着：“叫我池羽就好，我找到后会第一时间联系你的。”

“多谢。”

晚安不是那种喜欢闲聊活络关系的人，见池羽也忙，喝完桌上那杯白开水，便起身同池羽说：“那我就不打扰池医生了。”

这求人办事的态度还真是——直白。

但很快，池羽就不这么想了。

“晚些时候，陈醉会替我请你吃饭的。”

池羽的脸瞬间拉了下去，笑容僵硬地挂在脸上：“客气了。”

晚安态度真诚：“应该的。”

等晚安一离开，池羽就郁闷地抓了抓头发，猛地一口喝掉桌上那杯还有些烫的咖啡：“顾寒山，你家小丫头还真是贼精。”

之前觉得这小姑娘太不圆滑，现在他只觉得她单纯无害的外表下，藏着一只大灰狼。

另一边，陈醉对此事还一无所知。

她正被美甲店的事折腾得头疼，前几天又刚在池羽那里碰了一鼻子灰，被晚安通知晚上要替她请池羽吃饭时，情绪一下就冒出来，直接吼道：“唐晚安，凭什么你找人帮忙，要我去道谢？”

晚安也不甘示弱：“那你到底去不去？”

陈醉火气冲，冲动的话都到了嘴边，最终还是败下阵来，极不情愿地应道：“去去去。”

“这可是我好不容易给你制造的机会，好好把握，不用太感动。”

事实上，她是在准备离开池羽办公室的前一秒，才想起这件事。

晚安知道陈醉那边忙，说完就迅速挂了电话。她都能想象到那边被挂掉电话的陈醉，此时一定气得不轻。瑟瑟发抖的店员们，抱歉了。

之后几天，晚安一直都在等池羽的消息，可她没等到池羽，倒是将顾寒山盼到了研究所。

晚安手里抱着一堆资料，刚从实验室出来，就被卢远帆缠上。

“姐，你是不是有什么事瞒着我？”

这类似拷问的语气，让晚安一愣，她疑惑道：“什么事？”

“你是不是和那天来实验室找你的男人在交往，还出去约会了？”

“哈？”晚安后知后觉其中的缘由，赶忙解释，“没你说的事，就是认识，一块儿去吃了个饭。”

卢远帆可没有那么容易糊弄，直接搬出消息来源：“林前辈都说了，那天你请假没来研究所，可她下班却看见你坐着一个男人的车回来。而且我都听我妈说了，沈教授最近给你介绍了一个男人，是不是就是他？”

“我们只是朋友，出去吃顿饭，他顺便送我回来，哪是你说的那些。”

晚安真的很不擅长应对这种误会，很多时候，大家只愿意看到自己想看到的东西，所以谣言总是要比真相传得更快。

“别不承认了，听说那男的条件还不错，又和顾氏有关系，放心，他如果敢惹你不开心，我第一个去揍他。”卢远帆已经换了另一种略带鼓励的语气。

“我和他真不是那样……”

“姐，你就别狡辩了。”

“……”

顾寒山来的时候，正好看见晚安在同卢远帆解释这些。

那无奈、慌张、真挚、诚恳且不厌其烦地去化解误会的模样，有别她平时一贯的聪慧，居然还有些可爱。

两人说得很投入，根本没有注意到他的到来，而他也干脆停下脚步，不去打扰。连他自己都没察觉，他那张总是沉着的脸，此刻竟浮起了淡淡笑意。

他的目光落在晚安那张不施粉黛的脸上，分外温柔。晚安的脸没有一眼便让人感叹的惊艳，却会让人感到十分舒适，中长的头发被她松松地绑在脑后，几绺碎发落在额前，露出微微泛红的耳朵……

顾寒山眼里的笑意又深了几分，渐渐地，眼前的这张脸与记忆里的另一张脸重合。那是一张温婉柔和的脸，一副大家闺秀的样子，端庄且温柔，小心思全写在脸上。

曾几何时，那张温婉的脸的主人也是这样在人前维护他，将他护在身后，明明紧张得要命，却还是倔强地站在他跟前，试图拦住所有的风雨。

他心上的某根弦，不知被谁不经意拨弄了一下，发出细小却清晰的微颤，余音潺潺。

最后，还是晚安先注意到他。她惊讶地瞪大眼睛，发出不太确定的疑问："顾寒山？"

"嗯。"顾寒山不动声色地收拾好情绪，又恢复了一贯清冷的模样。

晚安能清晰地听到耳边卢远帆的"啧"声。卢远帆脸上透着看穿一切的笑容，直接拿走晚安手上的资料，鼓励似的拍了拍晚安的肩膀，迅速撤离。

这下更解释不清了。

晚安无奈地叹了口气，问顾寒山："有事吗？"

顾寒山直接说明来意：“下班有空陪我去个地方吗？”

虽然是询问的语气，可人都已经找上门来，显然是不给对方拒绝的机会，否则以他的作风，怎么样也会先打通电话。

“应该有。”

“那我等你。”

现在距离下班还有一个小时，顾寒山的话，看似体贴，却是在要求对方准时下班。

商人本质。

每句看似平常的话背后，都是酝酿已久的说辞，只可惜晚安不是那些几句漂亮话就能哄骗住的小姑娘，可就算她看出其中用意，却还是对他讨厌不起来。

只是，他来约她，是去干什么？

03

下午五点，晚安准时出现在顾寒山面前。想到那些传言，她又叹了口气，好在研究所没几个准时下班的人，这时的门口萧条得就她一人，就连一向跟着她的卢远帆这会儿都在实验室里应付学校那边的课程。

原以为，他特意来研究所接她，就算不是紧急的事情，至少也应该是对他来说十分重要的事，可他居然只是将车开到了一家礼服店。

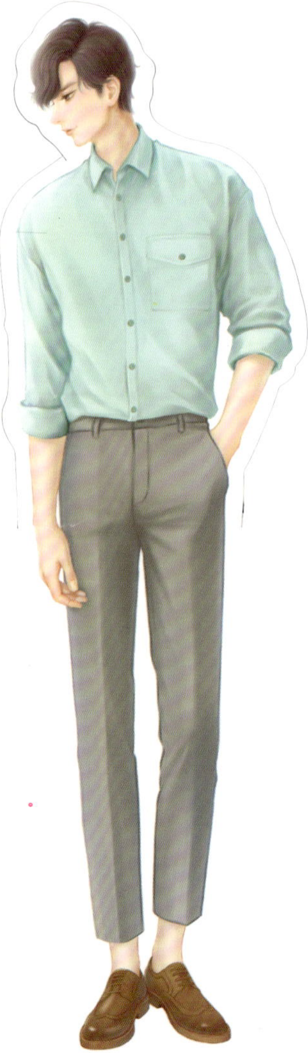

顾寒山轻易看穿了她的心思：“你这身打扮去那儿不合适。”

“我们要去哪儿？”

顾寒山被她的提问逗笑：“你现在问，是不是有点迟了？”

从他让她帮忙，到现在已经过去了近两个小时，甚至连身上的礼服都换好了，她竟才记得问这个。

晚安解释：“我只是好奇去哪儿，并不是在考虑要不要去，没到达目的地之前问出来，都不算迟。”

“一个朋友家。”

这下晚安反而更加疑惑起来，以他们的关系，要去朋友家何至于捎上她？还特意让她换成这身打扮。

“我需要你帮我找一件东西。”

“我？”

“没错，是你。”

顾寒山原以为晚安会继续发问，可没想到她竟然直接答应下来：“行，我知道了。”

她这么轻易就答应，反而叫顾寒山有些惊讶，却也没再多做解释。

顾寒山将晚安带到了北城的别墅区，目的地在半山腰上，欧式别墅，整体装修都偏向欧洲中世纪的风格，古典华丽。

车子停在别墅门口。路上，顾寒山已经解释了，他那个朋友是个古董收藏家，而今晚的宴会，就是为了向大家展示他最近刚从国外拍回来的一件藏品。

有钱人的爱好她没兴趣，只是，这样的场合，他带她来找什么？

晚安跟在顾寒山身后，看着他游刃有余地与人交谈，神情不卑不亢，大概怕晚安跟着他会无聊，所以让她自己到处转转。

一直到宴会主人命人将他淘了一段时间寻来的藏品拿出来展示，顾寒山才再次回到晚安身边，手虚扶着晚安的手臂。

“仔细看看。”

晚安不明白他什么意思，顾寒山也不准备明说，只是端着手里那杯香槟轻轻晃着，却没有喝的打算。

很快，晚安看到有人推着一把匕首出来，刀鞘的浮雕彩绘皆十分精致，装饰极尽奢华，刀柄上还有两颗红色宝石镶嵌，说它是匕首，不如说更像是一件艺术品。听介绍，匕首最特别的地方是过去这么多年，不仅刀背上的花纹优美清晰，刀锋竟还锋利无比。

“看出什么了吗？”顾寒山问她。

晚安摇头，她对古董没有任何研究，这会儿除了觉得眼前这把匕首分外好看，还真不知道有什么特别之处。

顾寒山半眯着眼盯着那把匕首，若有所思。忽然，他以迅雷不及掩耳之势，拿过那把匕首，端详起来，一时间气氛有些尴尬，如果不是因为他的身份，恐怕早就被人拖走了。

听着周围的窃窃私语，晚安紧张地扯了扯顾寒山的衣袖，提醒他：“顾寒山，你干吗？”

只见顾寒山眸光一沉，对她说了句："得罪了。"然后拿起手中的匕首迅速划破了晚安的手指。

一切快得没给人任何反应的机会，下一秒，晚安的手指有血珠冒出来，顾寒山迅速扯出方巾按住了她的伤口，盯着匕首，像在等什么。可等了好一会儿也不见匕首有半点变化，顾寒山不死心地将匕首交给晚安，抓着对方的手直接用匕首抵在自己胸口。

他问："看到什么了吗？"

晚安此刻只觉得自己的心脏像是要从胸腔里跳出来，刚刚顾寒山的动作太快，以至于她根本来不及作何反应。而此刻，她正举着明晃晃的一把刀抵在对方的胸口，稍一用力就会直接扎进对方的胸膛。

她僵在那儿，身体冰凉，与抓着她的那双手的炙热形成鲜明的对比，她甚至能够感觉到自己的手在发抖，如果不是被顾寒山抓着，她或许根本握不住那把匕首。

周围的讨论声已经越来越大，没人知道这位来自顾氏的公子爷究竟要干什么，也没人敢上前阻拦。晚安紧张地摇着头，不知道该说什么。

直到宴会的主人到来，他过去拍了拍顾寒山的肩膀："再这样僵着，我的宴会可就要被你搞砸了。"

顾寒山盯着晚安，无奈地说了句："算了。"这才松开手，将匕首还给主人。

从头到尾，晚安都处于被动状态，完全不清楚是怎么回事，她听见顾寒山轻声说了句：“一会儿跟你解释。”就带她朝楼上走去。晚安张了张嘴，想问什么，最终还是什么都没说。

经过主人的解释周旋，宴会那边又恢复了一开始的热闹，没人太在意刚才的那场闹剧。而另一边，晚安和顾寒山坐在楼上的会客厅，分外安静，直到主人到来。

“你要看，什么时候不行，非得在那儿？”

顾寒山半眯起眼睛，问他：“不在那儿，你还会给我别的机会？你和池弋什么心思，不用我在这儿明说了吧？”

那人尴尬地笑了笑，岔开话题：“还不是？”

顾寒山冷哼一声，懒得和他计较。

明明那人看上去比顾寒山大了一轮，却对顾寒山恭恭敬敬。他看了看一旁的晚安，有些好奇地问：“你找到了？”随即恍然大悟，“那就难怪了。”

顾寒山没接话，只是叫一旁的用人去拿医药箱来，亲自帮晚安处理伤口。

顾寒山处理伤口的时候，一旁的主人也没闲着，他从上到下仔细打量着晚安，看得晚安都不好意思了，才笑着说：“小姑娘，跟着他可要小心点。”

“老余！”顾寒山状似警告。

老余也不怕，大大咧咧地在旁边的椅子上坐下，告诉晚安：“免得哪天又被他划破手。”

顾寒山熟练地替晚安处理好伤口，冷冷看了看那被唤作“老余”的人，招呼都不打一声，直接带着晚安离开。

路上。

晚安见顾寒山迟迟没有开口，终于忍不住问道：“你让我来，到底是为了什么？”

“不是说过嘛，帮我找个东西。”

“那你找到了吗？”晚安低头看了眼手上的纱布，“我可是提前预支了代价。”

“没有。”顾寒山微微偏头，瞥了一眼晚安，“抱歉，前面是我冒失了，放心，我会让顾氏给你补偿的。”

“不用，反正东西也没找到。”

晚安不动声色地盖住伤口，她能看出来，哪怕顾寒山已经强装无所谓，却还是难掩失落之色。她抿了抿唇，试图安慰，最后却又不知道说什么。

“刚刚，拿刀刺我的时候，你真的没看见什么？”

哪怕答案早已显而易见，顾寒山还是不死心地再问了一遍。

回想起当时的情况，晚安心里还是发怵：“我当时太紧张，脑子一片空白，根本来不及注意别的。”

“嗯。”顾寒山没再多问，反而闲聊起别的来，“你知道这世上很多东西都是有灵性的，通过它们，有的人可以看到很多东西。”

“你是觉得我能看到？还是觉得你找的那把刀可以办到？”

顾寒山的语气却忽然变得十分笃定：“都是，不管是你还是我要找的那个东西。”

“为什么是我？”

晚安忽然转过头，目不转睛地盯着顾寒山。她不相信那些所谓怪力乱神的东西，她好奇的是，顾寒山是怎么断定她能做到的。

还有，他找上她，真的只是为了研究合作？

车子行驶在如墨的夜色中，晚安才注意到，顾寒山加快了车速，窗外的呼啸声大得里面都能听见。

为什么是她？

因为只能是她啊，就算换了发型，换了装扮，甚至换了气质，与他记忆里的人差别极大，他也绝不会认错。

顾寒山半眯起眼睛，面容严肃。许久后，他忽然转头，对上她的目光，认真说道：“我信你。”

晚安不由得愣怔住，心脏像被谁击了一拳，半晌没能平息下来。

那厢，顾寒山已经收回目光，继续开车。

过了好久，晚安跟顾寒山说：“顾寒山，我答应你，会帮你找到你要的东西的。”语气十分坚定。

顾寒山脸上的神色一顿，张了张口，最终也只有一句：“多谢。”

刚刚他抓着晚安的时候，那只抵在自己胸口的手到底颤抖成什么样，他太清楚，若他日后需要，让她把那把刀扎进去，她办得到吗？

难怪池羽说，要个小姑娘做那种事，简直是在强人所难。

此后一路上，没人再主动挑起话题。

许是这些天工作太累，没一会儿，顾寒山就听见身旁传来均匀的呼吸声。他用余光看了一眼身旁的人，恬静的脸上毫无防备，倒像个小孩子。

他脸上不由得露出一丝笑意，伸手将车内的温度调高。

将晚安送到小区门口，见对方还在睡，犹豫片刻，顾寒山最终决定叫醒对方。

刚睡醒，晚安的反应慢了半拍，好半天才缓过来，她看清窗外的景致，忙说："抱歉，给你添麻烦了。"

"本来也是我麻烦你。"顾寒山解释。

"那，再见。"晚安笑了笑，准备下车。

可她刚推开车门，顾寒山忽然拉住她："最近这段时间，一个人的话，别太晚回家。"

晚安不解。

顾寒山却已经松开手，淡淡地说了句："再见。"

一直到晚安下车后很久，顾寒山也没有着急离开，他的目光透过后视镜看向身后某一处，半眯起眼点了一根烟。

直到香烟燃尽，他才驱车离开。

第四章

/ 顾寒山，我疼 /

01

隔天上班，卢远帆一眼就看到晚安手上的伤口：“好好地跟顾寒山出去，怎么还把手弄伤了？”

晚安不以为意，拿起桌上的资料：“来实验室帮忙。”

卢远帆气得嘴都歪到了下巴上，却又不得不跟上她的步伐。

昨晚回到家，晚安小心地将伤口用保鲜膜包好，便去洗漱，回来后，她手机上提示有一通未接来电和一条消息，是顾寒山让她明天一早去惠济医院打一针破伤风。

其实，晚安手上的伤口并不深，虽然流了不少血，可顾寒山不仅及时止住了流血，还很快进行了处理，她倒没觉得非要去一趟医院，可既然他这么安排，她也就懒得去推辞。

不过，因为受伤，还是在实验时造成了一些不便。

在她失手打翻切片后，卢远帆就主动揽下了所有的活儿，嘴里还不忘教训她：“就你这样，还非来实验室折腾什么？”

晚安没理会他，盯着电脑屏幕上显示的分子结构，待弄清楚后，迅速记下，与之前的数据拿来做比较，发现好像还是不对。

“卢远帆，你说，如果没办法直接提取想要的成分，那让其他成分失去活性呢？”

卢远帆忙着进行下一轮实验，嘴上却还是老实回答：“连我都知道，就算失去活性，原有的分子结构还是存在，对后续的提取结果始终有影响。”

晚安丧气地往椅子里一倒，看向卢远帆，道：“那你说怎么办？”

“想办法。”他没好气地踢了一下晚安的椅子，示意她让开点。

两人在实验室忙活了一天，临近下班才有了一点突破，正准备做最后一次提取的时候，晚安接到一个电话。

陌生号码，地点显示是藤川。

晚安没多想，直接接通：“你好。”

“你好，我是池羽，你父母当时的主治医生已经找到了。”

“是吗？”晚安的语调不自觉提高了几分，“那他在哪儿？有没有时间？我可以和他见一面吗？”

那头的池羽被她弄得失笑："这么多问题，我该先回答哪个？"

晚安难为情起来："一……一个一个答吧。"

"在藤川，不过已经退休，时间的话应该有，我一会儿把他的电话发给你，你联系看看。"

"那就谢谢池医生了。"

池羽不住地后怕："不用跟我客气，尤其是别安排饭局，反正我也是受人之托。"

"受人之托？"她没记错的话，这件事明明是她亲自上门拜托的池羽，怎么会有这一说。

惊觉自己说漏嘴，池羽连忙转移话题："那可能是我记错了，我还要去见患者，就不多聊了，再见。"说完，不等晚安回应，直接切断电话。

晚安盯着手机，不由得疑惑。

池羽很快将对方的电话号码发了过来。她下班后，立马联系了对方，对方的声音听上去上了年纪，但说话温和有礼，应该是位很慈祥的爷爷。

想来池羽已经提前沟通过，她刚介绍完自己，询问对方能不能见一面时，对方立马说周末在家，然后又把家里的地址告诉她，如此一来，她也就直接说周末过去。

南方山城藤川已经进入了深冬，淅沥的小雨总是下个不停，伴着猎猎寒风，潮湿的空气里似是夹着利刀，划破皮肤钻入骨髓。

晚安穿着一件黑色大衣，在这样的天气里，还是挡不住四面八方袭来的寒意。她一出门就打了个寒战，下意识地将脖子往里缩了缩，好在停车场离她不远，几步跑过去，迅速钻进车里。

途中，她去了一趟超市，买了些礼品，相比直接去找池羽，这次更加礼貌周全。

对方的家并不在市区，车子沿着环城路开了半小时后，又驶进国道，再开了半个小时，才终于到达。

她去敲门，当门打开，映入眼帘的却是池羽的脸，她不由得一愣。

“池医生，这是你家？”

池羽轻挑了下眉，接过她手上的礼品，领着她往里走。

这是一栋小型别墅，庭院错落有致，就算是在深冬，庭中的花草也不显得凌乱，可见主人的爱护。

屋内，壁橱里柴火正旺，暖意很浓，池羽给她找了双女士拖鞋，示意她可以将外套脱掉放在门口的衣帽架上，然后对里面的人说：“晚安来了。”

晚安？真亲切的称呼，要不是她事先就联系过池老医生，这会儿还不知道该怎么解释。

很快，晚安就意识到，池羽的那句话并不是对池老医生说的，而是对屋子里的另一个人。

“顾寒山？”晚安这下更吃惊了。

此刻与池老爷子坐在窗边，在棋盘上互不相让、你争我抢的人，可不就是顾寒山。

在厨房忙碌的池母见有客人来，忙吩咐池羽倒杯茶先招呼着。晚安一时无措，呆愣地站在原地，不知该如何进退。

直到顾寒山起身：“坐吧。”

说话间，他也在沙发上坐下，还指了指身旁的位置。

晚安依言走过去，待坐下后，才开口问道：“你怎么会在这儿？”

“我与池家是旧识。”

问完，晚安又不知道该说什么，盯着桌上池羽倒的那杯热茶，抿唇沉默。意外的是，顾寒山居然主动挑起话题：“手不碍事吧？”

晚安摇头：“没事，已经快好了。”实际上，除了当晚让她去惠济打针破伤风外，顾寒山就没再问过她的伤势。

“来找池羽的？”

“不是。”

“那就是来找池弋的。”

晚安也不准备隐瞒：“有些事情想向他了解一下，关于那个研究的。”

“怎么不直接来找我？”

找他？晚安不解，他们目前确实是合作关系，但她可不认为他会闲到有时间来帮她处理这些事情。

饶是如此，晚安还是找了个恰当的理由：“我也是刚知道池老先生就是我父母当时的主治医生。”

好在顾寒山没有在这个问题上深究，他将桌上的那杯茶递到晚安手上，缓缓起身：“我去外面转转。”

茶杯表面的温度正适合暖手，晚安目送他出门，才浅尝了一口，是茉莉花茶，淡淡的茉莉清香在齿间晕开，很好闻，想来是池母喜欢的。

顾寒山一走，池羽不知道从哪儿冒出来，告诉她，父亲已经在书房了。

晚安不敢耽搁，忙朝书房走去。书房内，池老已经在窗边的沙发上等她，甚至还提前准备了病历资料。

然而，他开口第一句竟是：“你与顾先生认识？”

晚安微愣，如实回答：“有些交集。”

“能让顾先生亲自招呼的人，可不多。”

晚安礼貌地笑着，开口却不是回应池老的话，她说：“我想池羽应该已经同您说过，我是因为我父母的事情来的，有些问题想请教您，毕竟您是他们离世前最后有过接触的人。”

“我知道。”池老将桌上的资料推到晚安面前，“这是当时的病历资料。”

晚安接过来，并不急着看，而是听池老自顾自地说：“他们被送到医院的时候，全身烧伤面积很大，多处伤口还沾着实验药品，加上吸入了大量混合药物的浓烟，情况很不好。医院当时抽调了各科优秀医生组成治疗小组，我虽然是他们的主治医生，但实际治疗人数不下五个，我们医院几乎倾尽全力，可就算这样，在治疗过程中，两人还是一直高烧不退，最后在入院第三天离世。”

“医院当时应该有对实验药品进行检测吧？”

池老微抬下巴，示意她看：“医院当时以最快速度进行了相关检测，但是成分实在太多，一直到两人离世前，检测都还在继续。”

晚安随意扫了一眼，医院的检测确实很充分，与治疗同时进行，从这份治疗报告上看，为了父母的病情，他们确实做了最大的努力。

“当时你们有没有发现什么奇怪的地方？”因为思考，晚安的眉头紧皱，脸色深沉，“比如药品的成分、受伤情况、当时的爆炸环境……”

池老摇头：“不记得了，情况危急，大家都忙着救人，哪还能注意到这些。”他顿了顿，似记起什么，“不过，你父亲在治疗期间曾经醒过，似乎有话要交代，但没人听清。”

晚安急忙追问：“是和研究有关吗？”

“应该是的。听说他们会伤得那么严重，是因为在火灾里忙着抢救研究资料。”

到底是多么重要的研究，会让他们连命都不要，也要把资料救出来，那么——

“那些资料……”

“这我就不清楚了。”池老想起当时的情况，“不过，应该也不会留下什么，那场大火，从实验室一楼烧到二楼，又是在大风天，光是灭火都费了不少劲。”

虽然来之前，也没抱太大期望，可得知这样的结果，她心里还是有些失落。

晚安问池老：“这些资料，能送给我吗？”

池老十分大方地说：“当然，不过是些复印件，你作为病人家属，想要了解当时的情况，我也能理解。”

“那就多谢了。”

“客气。”池老笑得眼睛弯成一道线，看上去十分慈祥。

晚安拿着资料离开书房之前，池老又补充了一句：“既然来了，就吃了午饭再走吧。”

老人家的邀请，晚安无从拒绝，何况她刚刚才麻烦了人家，这会儿甩头走掉也说不过去。

晚安与池老一同下楼，池羽正在厨房帮忙，顾寒山也从外面回来了，正坐在沙发上看电视。

电视停留在新闻频道，主持人正用充满磁性的嗓音播报着今日的新闻。注意到晚安下来，顾寒山拿出几分少有的关切：“问到了吗？”

“没有，”晚安摇头，“不过池老给了我当时的诊疗记录，打算拿回去看看。”

“我有空去顾氏那边帮你找找。”

只要稍微上网查查，就会发现顾氏和惠济医院交情不浅，可她宁愿几经辗转利用陈醉和池羽的那点微末的关系找到池家来，也没开口同他说过半句。

“以后有什么需要麻烦池家的，可以直接同我说。”

顾寒山语气里透着丝丝凉意，晚安诧异地对上那双平静的眼睛，莫名感到几分压迫：“你不是很忙吗？”

“不会，你难道不是为了合作？既然是合作，我帮你也是应该的。”

原来只是这样啊。晚安本来略有起伏的心跳平缓下来，眼底闪过一丝失落：“哦，那好的。”

池羽适时过来，告诉他们，午饭好了。

这顿饭有点过于丰盛了，晚安清楚，这恐怕和她身旁这位有关，虽然他只说与池家是旧识，但看池家二老对他的态度，以及他能直呼池老姓名，就能看出关系匪浅。

饭后，晚安坐了一会儿，才同池家二老道别，准备回市区。

池家二老念及她事情多，也没多做挽留，池母刚准备说“要不让小羽……”就被顾寒山拦住：“不用，她自己开车来的。”

如此，二老也就不好再说什么，只叮嘱路上小心，一直将她送到门口。

只是这厢晚安前脚刚走，那厢顾寒山后脚也离开了池家。

车上，池羽推了推鼻梁上的眼镜，笑着看了眼顾寒山，打趣道：“没想到，顾大少爷也会有吃醋的一天。”

“闲得慌？”顾寒山眸光一沉，冷声反问。

池羽才不怕他：“明知道她来找我，也知道老头子就是当时的主治医生，我不过是顺便请她来家里做客，瞧你这脸拉得，知道的明白你是怕老爷子察觉，不知道的还以为你喜欢她呢。”

顾寒山冷哼一声，将椅背往后调了调，懒得理他。

可池羽这嘴，说起话来，一时半会儿可停不下来：“听说你前几天带她去了余老那边，是那个吗？”

“不是。”

“我说你，这世上谁不是盼着自个儿活得久点，最好像你这样，可你不仅不知足，偏偏还急着去死。”

“你要像我这样活个几百年，就不会这么问了。”

几百年来，这么不人不鬼地活着，必须藏着身体的秘密，和身边的人慢慢熟悉，又看着他们离去，就像是在一条漫长的路上走着，却永远看不见终点。

池羽难得点头赞同：“像你这样，确实会把自己闷死。”

“好好开车。”顾寒山抬了下眼皮，发现已经与前面的车落了一段距离。

池羽不情愿地拉下脸，跟上不远处的车。两人一直到晚安的车开进小区，才掉头离开。

一直以来，池羽总觉得顾寒山对晚安的态度有些奇怪，看似孤冷，实际小心翼翼，看似疏远，实则不敢打扰，可不像只是将对方当作能够解救他的人。

其中缘由，顾寒山并不愿多提，池羽也就难得没有多问。

02

池老的资料对晚安来说帮助不小，上面充分的成分分析，加上顾寒山后面发过来的一些研究汇报，让她总算对研究有了个模糊的概念。

既然没办法找到原始的资料，那她就用自己的办法来复原。

为此，她不得不一边处理手里的项目，一边对父母的研究进行合理的实验推理。只是，在缺乏原始资料的情况下，所有的进程都是缓慢的。

下班后，她让卢远帆先走，自己则在实验室又多待了一会儿，出来的时候，已经接近凌晨。

夜色如墨，这一夜的天沉得很，就算有路灯的光影，四周也显得深邃又空寂。

她将下巴缩进线衫的领子里，埋头往家里走。没多久，她就感觉身后好像跟了条“尾巴”，脑子里瞬间闪过顾寒山先前的话，不由得紧张起来，下意识加快脚步。

可她加快脚步，身后的人也跟着加快了步伐。没想到那些在电视里演过无数次的画面，有一天也会落在她身上，她不敢回头，只盼望着能快点走完这段路。

今晚这段狭窄又空荡的路显得格外长，身后的脚步声越发接近，扑面而来的恐惧使得她的身体不由自主地发抖。

一只手从她身后伸过来，带着浓烈乙醚的味道。

说时迟，那时快，晚安转过身举起手里的包直接朝那人砸去，然而对方似乎早有防备，不仅让晚安吸入了少量迷药，同时也伸手去抢晚安的包。

包里放着她这些天针对父母的研究整理出来的一批资料，晚安下意识拽住包，可对方是个成年男性，而且显然有备而来，晚安根本不是对手，为了护住自己的包，她拼尽全力，对对方拳打脚踢。

对方显然没想到晚安中了迷药还能这样，大概是被晚安踢疼了，又或者是想尽快完事，他直接将晚安推到墙边，上来就是几脚，从晚安手里扯出包，掉头就走。

只是，他刚走没几步，就发现眼前的路被人挡住了，来人脸色阴沉，定定地看着他，一言不发。

抢包的人多少有些害怕，却还是壮着胆子说：“别多管闲事！”

“你打了她？”顾寒山半眯起眼睛，左手轻轻一动，就直接从对方手里将晚安的包抢回来，只听见“咔嚓”一声，男人痛苦地号叫起来，那只被顾寒山碰过的手显然是断了。

顾寒山不再多看他一眼，径直朝晚安走去，直接将对方扶起来：“唐晚安，没事吧？”

晚安试图睁开眼睛，却只能睁开一条缝，迷迷糊糊地唤道：“顾寒山？”

“是我。”

低沉熟悉的声音，令晚安安心，下一秒直接扑进对方怀里。

“顾寒山，我疼。”她语气软软的，似在撒娇一般。

突如其来的亲密，惹得顾寒山身体一僵，稍稍适应，他才伸手摸了摸晚安的头：“我知道，乖，没事了，我这就带你去医院。”

晚安重重点了点头，眩晕的感觉越发严重，身子直接往下滑去，幸好顾寒山眼疾手快，直接将她抱起来。

回到车上，顾寒山先给公安局打了个电话，又给池羽打了通电话，这才赶去医院。

黑色的车像离弦的箭一般，穿梭在午夜的藤川。池羽接到消息早早等在门口，顾寒山的车一到，这边就立马接应。

朝急诊室走的路上，池羽问顾寒山：“怎么回事？”

“我到的时候，她就这样了。”饶是如此，顾寒山还是猜出一二，扬了扬手里的包，“大概是有人对她手里的资料感兴趣。”

池羽不解。

“当年的事故，恐怕不单单是意外那么简单。”

“她知道了？”

“估计还没有，不过显然，已经引起了一些人的注意。”

交谈间，两人已经出现在急诊室。

池羽过去查看了一下情况，最先判定是吸入少量迷药导致的昏迷，情况并不算太严重，但碍于顾寒山在，还是详细地做了个检查，确定万无一失之后，才得出结论。

相比较于吸入了迷药，她被踢的那几下，还有额头的擦伤，要紧急得多。

为了护住包里的资料，她被那人在腹部踢了两脚，又撞到了墙上，额头已经高高地肿了起来。

池羽一边清理伤口，一边抱怨：“哪里有院长亲自处理这种伤口的？”

顾寒山没回他，注意力全在晚安身上：“她什么时候能醒？”

“她应该早有防范，迷药吸入量不多，估计睡两个小时就能醒。”池羽见顾寒山似乎还有问题，不等对方开口，又接着说，“轻微脑震荡，没有后遗症，不过醒来疼是肯定的，还好都是小伤。”

说完这些，他体贴地将病房留给了两人，离开之前，他听见顾寒山开口：“和陈醉说一声，她来了我再走。”

英雄救美，这么好的机会，他居然说一会儿就走，池羽看了眼两人，十分诧异，却还是应道：“行，我去打电话。”

事实上，池羽一直等到晚安快醒的时候，才给陈醉打了通电话。

大半夜被人吵醒，就算对方是池羽，陈醉脾气也不小，接起电话张口就骂："池羽，你脑子有病吗？大半夜打什么电话？"至于道歉，那都是后话。

池羽懒得和她计较，说："唐晚安在医院。"然后直接挂断了电话。

陈醉一下没反应过来，扔下手机准备继续睡，刚一闭上眼，马上从床上弹坐起来，顾不得收拾，换了衣服直接就往医院赶。

病房内，安静得只有两人的呼吸声，顾寒山坐在病床旁，看向晚安的目光深邃且复杂，他早知道有人在跟踪晚安，也出言提醒过，没同晚安明说，是不想打草惊蛇，也想看看对方究竟有何目的。

可看晚安现在这样，一定是吓坏了，冲进他怀里时，那声委屈巴巴的"顾寒山，我疼"还带着哭腔，他想着，心就不由自主地揪了起来。

那一刻，他后悔得很，如果不是他及时赶到，半夜三更，要多久才会有人发现她，就算她自己醒过来，包被抢了，什么都没有的她，又要怎么向人求救。

如果发现她的人心怀不轨，迎接她的又会是什么……这些，他没办法继续往下想，早知道，就不只是断那个人一只手那么简单了。

他轻轻将晚安的手握在手里，因为在打点滴，她的手异常冰凉，他只得将其整个焐住，动作十分小心，希望能让对方暖和点。

这么多年，他一直避免与人过分亲密，就算是池家，也时刻保持距离，他太清楚离别的滋味，所以宁愿孤身一人。可晚安，总让他不自觉地多出几分关切，大抵因为她的存在，于他本身就是特别的，不仅如此，她与怜春也有太多相似之处，善良、自信、勇敢……

有时候，他甚至会产生错觉，觉得她就是怜春，可明明，她们是并不相同的两个人。

陈醉到之前，顾寒山已经离开了病房。

却不想陈醉轻车熟路地先去找了池羽，看见坐在他办公室的顾寒山时，她不免犯疑，问池羽："晚安怎么了？"

池羽解释："中了点迷药，还被人踢了两脚，不过应该快醒了。"

"迷药，还被踢了两脚？"

她转头看向顾寒山："被他？"可又觉得不像，赶忙换了口吻，"你好，是你救了晚安吗？"

"碰巧罢了。"说着，顾寒山起身准备离开。

见他要走，陈醉下意识地唤住："留个联系方式吧，日后我让晚安亲自向你道谢。"

"不必了，你去照顾她吧。"

"哦，好吧。"

陈醉连忙答应。这么多年来，她很少在人前发怵，可眼前这个一身黑衣的长发男人，却在无形中给了她几分压迫感，不仅如此，她甚至觉得自己从他眼里看出了杀意。

一直到顾寒山的身影消失，陈醉才舒了口气，看向池羽："晚安和他认识？”

敏感如她，轻易就察觉到对方话里透露的微妙关系。

“算是吧。”大抵是害怕对方问个不停，池羽出言提醒她，“唐晚安这会儿快醒了，我得过去看看，你不去吗？”

这么一说，陈醉立马跟上他的脚步，一块儿朝病房走去。

事后，池羽调侃顾寒山：“你大半夜跑去那儿，难道不就为了那一幕吗？”

顾寒山坐在沙发上，跷着二郎腿，点了一根烟，一言不发地看着池羽，等着他接下来的话。

“先是英雄救美，等她醒来，睁眼第一个见到你，想起先前的遭遇，梨花带雨地扑进你怀里，委屈又害怕地向你哭诉当时的情况，你再适时安慰两句，多好的恩情。”

“我只是——”

“顺便路过。”

池羽十分鄙夷地抢先替他回答，这种理由恐怕连他自己都不信，竟还拿出来搪塞别人。谁会半夜不睡觉，跑到离自己家相隔甚远的地方瞎转，还就这么巧，碰上那丫头有事。

骗鬼去吧。

隔天，研究所那边得知情况，立马让晚安先养好伤再说，所里几个同事中午还抽空过来探望了她，包括卢远帆。

“唐晚安，多大的人了，怎么还这么不省心。”

晚安懒得理卢远帆，状似没听见般与一旁的同事道谢，惹得卢远帆更不是滋味，只好先去找陈醉了解情况。

陈醉守了一晚上，这会儿好不容易躺下，又被他喊醒，一个巴掌直接拍在他头上：“小鬼，把你姐一个人留在实验室，我还没骂你呢。”

卢远帆委屈极了：“她赶我走，我也不能硬留在实验室啊。”

“你要硬留，她还真能赶你走不成？”陈醉明知是在强词夺理，可一想到晚安遇到这种事，她就后怕，幸好碰见熟人，否则，她不敢想。

大家都还有别的事，没坐多久，又都纷纷回了研究所。陈醉下去送他们，还不忘和卢远帆拌两句嘴。

这一幕恰巧落到池羽眼里，惹得他不屑地轻嗤一声：“呵，原来对谁都能这么殷勤。”

之后很长一段时间，池羽对陈醉的态度都十分冷漠，冷漠里甚至还夹杂着几分怨懑。

晚安想了好久，在出院之前，对池羽问出了心里的疑惑：“池医生，那天晚上，是顾寒山把我送到医院的吧？”她明明记得当时见到了顾寒山，可醒来时病房里却只有陈醉。

“可不，还在这儿坐了半天呢。”

“那他没说什么吗？”

“说了，正好路过，于是出手相助，把你送来医院。”

只是路过吗？

晚安眼里划过一丝落寞，她原本想过，或许他并不是正好路过，而是担心她有危险，又或者是正好来找她，不管什么理由，都比路过好。

但池羽在检查了她的情况后，不屑地嘲讽了一句：“那条路恐怕也就他会大半夜正巧路过吧。”

晚安在想别的，一下没反应过来：“嗯？你说什么？”

池羽笑着摇了摇头，问她：“当时应该吓坏了吧。”

“有点。”晚安笑着说，“不过也知道是普通迷药，只是不知道对方为什么要抢我的包，想着里面有很多有用的资料，就下意识想拦住，早知道就直接把包给他好了。”

池羽检查完，做了下记录，吩咐道：“一会儿再做个检查，没问题的话，下午应该就能出院，只是头可能还会有些眩晕感，好好休息，问题不大。”

“谢谢你，池医生。”

“不用跟我客气。”

那个顺路救她后，一直没有出现的人，却在她上班的第一个下午，出现在实验室门口。

“什么时候忙完？”

他不顾里面还有卢远帆，直接问道。

晚安还以为他有事找她，看了眼面前的东西，有些为难：“今天有点忙，恐怕得等会儿。”

“不着急，我去楼下坐坐。”

晚安真以为他是有什么事找她，不得不加快手上的速度。

等反应结果的时间，卢远帆好奇地问她：“姐，你真没和顾寒山在一起？”

“没有。”

“是吗？”卢远帆显然不信，但碍于在实验室，也就不好多问。

等他们忙完实验，已经是晚上七点，外面的天已经完全黑了，晚安一出研究所，就看见了顾寒山的车。

她同卢远帆道别，朝顾寒山的车走去。

“不好意思，实验耽误了会儿，有什么事吗？”

“等你下班。”

晚安表情一怔。

等她下班？这样的话从一个男人口中说出来，还是针对一个适龄女生，任谁听都觉得别有深意，可晚安从对方那双清明的眸子里，看不出任何其他想法，清白极了。

“上车吧。”顾寒山侧身替她打开车门。

车上放着舒缓的钢琴曲，晚安内心纠结了好一会儿，还是忍不住提起：“池医生说，你那天刚好路过。”

“嗯，正好在附近办事。”

“真好，你的‘正好路过’已经救过我两次了。”

晚安的话意有所指，可偏偏顾寒山毫不动容：“好巧。”

她无奈地轻笑一声，不再多言。

连池羽都疑惑，谁会大半夜在外面办事，还正好路过她回家的那条路，一而再，再而三。如果说先前是为了接近她，好让她答应合作，那现在呢，他们只是合作关系，他却准时在下班前出现在对方单位，就为了等她下班，送她回家。

这些，晚安没有追问，就算她追问，顾寒山又会对她说真话吗？

之后的好些天，顾寒山都会准时出现在研究所门口，送她回家，这是多么大的殊荣，让堂堂顾氏掌权人车接车送，还偏偏什么都不图。

对方的理由很简单：“你伤刚好，不方便开车，我正好闲着。”

呵，顾氏的幕后老板，怎么可能会闲，时间不够用才对。

可晚安到底也没有拆穿他，任由对方每天准时出现在研究所门口，甚至还会下意识在下班前处理完所有事情。

这种情况，一直持续到大半个月后。

“顾寒山，我的伤已经没事了。”她婉言道。既然是因为受伤不方便开车，那伤痊愈，她也就没有了心安理得享受便利的理由。

哪知，顾寒山却说起别的：“有事同你说，这个点了，一块儿吃个饭吧。”不等她回答，对方又说，“吃完我送你回去。”

“不是，顾寒山——”

“我们的关系，吃个饭，我以为你应该不会拒绝。”

字字句句，动之以情，还真让人找不到推辞的借口，于是，她只能再次坐进顾寒山的车里。

没想到，顾寒山还真有事找她。

刚入座没多久，他就将一份资料交到晚安手上：“根据顾氏那边的记录，你父母的研究已经取得了一定的突破，可在事故发生前不久，他们主动提出暂停研究，还约了时间要同当时的负责人见一面。”

“为什么？”

“邮件里没说具体原因。”

“那后来呢？”晚安有些急切地追问。

顾寒山遗憾表示：“事故当天，就是双方约好见面的日子，但很抱歉，顾氏的人因事耽搁了，到达的时候事故已经发生。”

晚安低着头拧眉思索，半晌，才轻声说了句：“这样啊。”她拿起筷子指了指桌上的菜，“先吃饭吧。”

顾寒山张了张嘴，试图安慰，但最终还是选择沉默。

这顿饭，在两人的沉默中缓慢结束。之后，顾寒山将她送回家。下车前，晚安郑重其事地说：“这段时间，谢谢你。”

就算对方什么都不曾明说，连她的主动试探都被驳回，但坚持这么多天接她下班，换作任何女生都不会无动于衷，何况来人还是在藤川有头有脸的顾氏总裁。

顾寒山淡淡一笑：“不客气。”

“那……”晚安犹豫着，最终也只剩一句，“再见。”

“路上小心。”

都已经送到门口了，哪还用得着这般叮嘱，可晚安笑着回应：“你也是。”

她不是十八岁的小姑娘，别人对她表现出半点关心，就能误认为是爱情，至于顾寒山为何会这般体贴，她也想不到原因。

段瑞城从陈醉口中得知晚安路上遭人下药抢劫的事，直接冲到研究所询问事由。

“听说你被人抢劫了，到底是怎么回事？”

晚安还在做实验，被他吓了一跳，不得不停下手上的活儿，交给卢远帆。

既然都找上门了，又是多年好友，晚安也不准备有所隐瞒，简略答道：“做实验忘了时间，结果回去的时候，在路上遇到了抢劫犯。”

“那陈醉怎么说，对方还准备了迷药？”

“是有这事。”晚安点头，“估计是个惯犯吧，不过应该盯了我有段时间了。”

“什么时候开始的？”

说起来，晚安还真没注意过：“大概出事的半个月以前。”只能将时间确定到顾寒山提醒她的时候。

段瑞城满眼担忧地看着她，道：“和你父母的研究有关吧？”

他这么一提，晚安恍然想到了什么：“应该是的。”

那个人明显是在这段时间才开始跟着她的，而她这段时间就是为这件事在奔波，而且对方当时的目的很明显，就是要抢包，既然跟踪她那么多天，应该能想到，她包里最有价值的就是那堆资料。

但，他抢资料是为了什么呢？这样想着，晚安心里忽然冒出一个可怕的想法。

“段瑞城，你说我父母的事故会不会另有隐情？”

很显然，段瑞城和她想一块儿去了。

段瑞城的表情忽然变得很严肃：“如果真是这样，你暂时就先别一个人调查了，也别急着恢复研究，我们一块儿想想别的办法。”

“不行。”晚安迅速否决，“我现在手头上已经有一些资料，大致的研究框架也摸索了出来，不管是研究进展，还是事故情况，我都会找出来的。”

“可万一……”

“我想要帮他们完成那个研究，更想要弄清楚当时究竟发生了什么。”晚安的态度异常坚定，“这对我来说很重要。”

“这次是幸运没出大事，可万一他们针对你，就会有下次、下下次，你都能这么幸运吗？”

“我会小心的。”

“晚安……”段瑞城有些无奈。

晚安故作轻松地笑着，伸手拍了拍他的肩膀：“放心，我会保护好自己的。”

如此，他也不好多说什么，只是在离开前，还不忘叮嘱：“那你自己小心点，有需要随时找我。”

送走段瑞城，晚安站在新实验楼的走廊里，呆呆地盯着不远处的旧实验楼，一言不发。

如果那件事真的另有隐情，那提出终止实验，是不是说明他们也察觉到了什么。

到底是怎么回事？她忽然迫切地想要弄清楚。

卢远帆独自将实验完成，见她还没回来，只能出去找她，结果却看见她站在走廊上发呆。

“怎么了？”

晚安猛然回过神，不好意思地笑了笑：“没事，实验做完了吗？”

卢远帆将手上的实验结论递给她：“应该差不多了，你看看有什么要补充的。”

“行，你先去忙吧。”

卢远帆面色犹疑，离开前，又忍不住回头提醒晚安：“姐，外面冷，不管怎么样，都可以先回办公室的。”

晚安一愣，随即轻笑一声，无奈地点头。

认识这么多年，卢远帆与其说是她的朋友，更像是她的亲人，他轻易就能察觉到她的心情起伏，亦能做到不动声色传达关心。

第五章

/ 想拜托你，杀了我 /

01

临近年关时，藤川迎来了今年的第一场雪。

晚安从实验室出来，被卢远帆当头一个雪球砸得打了个寒战，抬头一看细雪飘落，一时竟忘了同对方算账。

晚上，洗漱完，躺在被子里刚准备休息的时候，她接到了顾寒山的电话：“晚安，下雪了。”那充满磁性沙哑又温柔的声音，让晚安心尖一颤，下意识看了眼窗外。

雪还在继续下，她淡淡地问：“有事吗？”

“要睡了吗？”

“嗯，刚准备休息。”

“那……晚安。”

“晚安。”

挂断电话，晚安盯着手机，有些出神，她没想到顾寒山特地打个电话过来，竟只是为了和她说一句“下雪了”。

这场雪之后，出了两天太阳，厚厚的积雪，迅速就融化了。

这段时间，晚安基本上都泡在实验室，年底了，手上的项目有些阶段性任务要完成，同时，她也在拼命地重建父母的研究。

春节，研究所有十来天的假，沈知问过她除夕夜准备怎么过，晚安一时还拿不定主意，就说再看看。

陈醉倒是打电话来，问她有没有想法趁着假期出去玩玩，有的话，她今年就不回家，被晚安以没时间推辞了。

确实，除夕当天，晚安都还在实验室里忙活。关于父母的研究，她还有很多东西需要验证。

从实验室离开，她直接去了沈知家，手上拿着不少东西，一看就是提前准备的。

沈知照顾了她那么多年，俨然已是一家人，除夕夜她又怎么会放任他孤零零在家。

晚安同沈知一块儿吃了年夜饭，又陪沈知看了一会儿春晚，十点左右才驱车回家。

藤川市区虽然禁止燃放烟花爆竹，但开车回家的路上，还是能听到远处传来闷闷的爆竹声。刚进家门，她就收到一条短信，来自顾寒山：新年快乐。

她看了半天，最后拨了一通电话出去。

“还没到新年呢。”她提醒对方。

顾寒山听上去兴致不错，轻笑一声，说：“但我不想让你等到凌晨。”声音浑厚低沉，如同鼓槌轻轻敲在鼓面，“咚”的一声，也敲在了晚安心上。

“什么？”

她差点以为自己听错了，没想到对方竟然同她解释：“你太累了，应该早点休息。”

晚安心里一暖，竟有些不想挂断电话，她去厨房给自己热了杯牛奶，等待的时间，她问顾寒山：“你喝酒了？”

顾寒山坦然承认：“喝了一点。”

难怪。

“现在呢？还在喝吗？”

窗外夜色很浓，楼房林立，万家灯火，好不热闹，楼下还有不少小朋友在玩仙女棒。晚安拿着手机走到客厅的大落地窗前，找了张椅子坐下。

“没有，在给你打电话。”

看来喝了不止一点，大概是染上了酒精的缘故，低沉沙哑还略带慵懒的声音，在这样的夜里显得格外动听。

“顾寒山……”晚安低低唤了他一声。

“嗯？”

顾寒山疑惑，可等了半晌，也没等到她的下文，不由得发问：“怎么了？”

晚安抿了抿唇，最后淡淡说了一句：“新年快乐。”

电话那头适时地传来爆竹声，应该是哪家人不准备等到凌晨，提前放的，伴着爆竹声的还有顾寒山的笑声。

“好。”

恰好厨房的微波炉“叮”了一声，提示牛奶热好了：“我的牛奶好了。”

“嗯，早点休息。”

虽是这样说，两人还是等了好久，一直到那边的爆竹声结束，才挂断电话。

年关之后，藤川又下了一场雪，陈醉在春节第二天就来约晚安出去看电影，说今年的贺岁档有不少佳作，晚安本不想去，哪知陈醉直接杀到了家里。

去的路上，晚安还在抗拒：“你想约人看电影，不是应该有一群人排着队吗？”

“早就不联系了。”

晚安不解，随即听到陈醉很不耐烦地解释：“池羽不喜欢。”

说起来，陈醉对池羽还真是执着，无论对方摆什么臭脸，她都能面带笑容端庄退场，然后准备着下一轮进攻。

晚安无奈地冷笑道：“所以今天也是因为没约到池医生？”

陈醉转过头给了她一个眼神，让她自己体会。

她们去看的电影在网上评分一直很高，高成本大制作，演员又都是大腕，整部影片让人挑不出太多错处。相比较于陈醉的触景生情，晚安要显得平静得多，安静地看完电影，一言不发。

电影结束，晚安无奈地表示：“你确实应该和池医生来看，让他看看你这娇羞的女孩模样，说不定会有所动容。”

陈醉红着眼眶，擤着鼻子怒瞪道：“滚蛋，我约池羽，那就是分分钟的事。”

晚安吐了吐舌头，转移话题：“一会儿吃什么，我请你。”

“烤肉。”陈醉不假思索地回答。

晚安虽然很不想弄得一身油烟味回去，但既然陈醉已经说了，她也就忍了。

虽然陈醉什么都没说，但晚安多少能猜到，什么约不约池羽那都是屁话。事实上，陈醉就是烦了陈妈妈安排的各种相亲，才逃到她这里来的。

用餐的时候，晚安问她：“今晚住我那儿？”

“嗯。”陈醉解释，“我那边我怕我妈找过去。”

“今年又是什么人？”

“谁知道，反正是能帮我弟走向康庄大道的人呗。”

“要不你直接将池医生骗回去，当着你妈的面拍桌将这事定下来，看她还能怎么办。”

陈醉摇头：“会吓跑池羽的。我家那事我看着都闹心，干吗还连累他。”

能让陈醉这么小心翼翼，倒是难得。

晚安没再问下去，家家有本难念的经，陈醉在外人看来自信、骄傲，美得张扬，追求者数不胜数，可她不管在外有多成功，她的家里人始终认为，都不如嫁个有钱人给她弟弟铺路有用。

饭后，晚安又被迫陪着陈醉在略显空寂的街上逛了一会儿，最后晚安实在是觉得太冷，两人才驱车回家。

陈醉在晚安家一直住到全球开工才回去，晚安记挂着实验，没休息几天，又回到了研究所和家两头跑的状态。

节后那场大雪过后，藤川市难得出了好几天的太阳，气温也回暖了不少，但接下来的一场冷空气，又让藤川重回寒冬。

这漫长的一段时间里，顾寒山没再找过她，除夕夜的那通电话，反而成了两人最后的对话。

她从来不会主动联系顾寒山，也不会拒绝，倒像是被对方牵着鼻子走。哪天，对方不牵了，她也就不走了。

等藤大开完学，卢远帆才过来报到，他穿着长款白色羽绒服，朝晚安走来时，似带着微风细雨，倒是有校园偶像剧男主角的风范。

他笑得春风得意："姐，新年快乐。"

晚安看着他摊开的手，直接将手边的一沓资料交给他："正好，把这些看完，涉及研究的内容都找出来，整理成册，我有用。"

"不是吧。"卢远帆万般不情愿，委屈地抱怨，"红包都不给一个，还一来就安排这么多事？万恶的资本主义。"

"研究所都开工大半个月了，不算你旷工就知足吧，还想要红包。"临走前，晚安还是夸了他一句，"这身打扮不错。"

卢远帆骄傲地挑了挑眉："那是当然。"

事实上，卢远帆那逼近一米九的身高，配上这张清秀的脸，就算穿床棉被在身上也不会太差，果然，时尚的根本还是脸跟身材。

藤川正月的天气一度反复，热两天，冷三天，没个准信儿。

在这样的天气中，晚安很不幸地感冒了，头疼咳嗽加低烧，让她不得不请假去医院挂了两天水。再回来时，她意外地在研究所看见许久没联系的顾寒山。

他是来找沈知的，晚安站在研究所门口，看见他不疾不徐地走进沈知办公室。她犹豫着，最终还是什么都没做，朝自己的办公室走去。

卢远帆见她回来，分外热切地给她倒了杯热水，将她交代的事情一一汇报，才问她："姐，你感冒没事吧？"

"有事就说。"

"学校那边有点事，下午别去实验室了呗，等我回来我们再一块儿去。”

“就这样？”晚安大概翻看了下卢远帆交上来的东西，见没什么问题，就直接答应，“行，记得代我向教授问好。”

卢远帆那点小心思，晚安怎么可能不知道，他这个学期得忙毕业的事，需要回学校的次数不少，生怕落下东西学不到。

当初沈教授说他想跟着自己的时候，她还是有些犹豫的，毕竟她手上的事情并不少，没时间手把手带新人，不过卢远帆倒是让她感到意外，专业知识扎实，对于研究知识的理解也快，没让她怎么操心。

既然答应等卢远帆来了再去实验室，晚安下午就整理了一些资料，准备找沈教授谈一谈。

她去的时候，顾寒山已经走了。

“教授，这是我做的前期准备，接下来我想将重心转移到癌细胞药品专项研究方面，这也是我父母之前一直在研究的东西。”

她将事先整理出来的提案递给沈知，沈知并没有着急翻看，反而皱起眉问她：“你还是想完成他们的研究？”

“现代临床医学中，虽然已经出现了不少治疗癌症的手段，但都不算是完全攻破它们，复发的可能性很大，我们有必要深入研究。”

沈知理性地提醒她：“这是你之前很少接触的领域，你突然转移研究重心，相当于重新开始，而且研究所的人力有限，我不可能为了你这个大胆的想法，安排其他项目的人过来帮你。”

在此之前，她都是在研究临床药学方向，也小有所成，尤其是在针对罕见疾病的特效药方面，颇有建树，也参与过不少含金量很高的研讨会。

“沈教授，您相信我吗？”

当年，沈知有意让她出国，希望她去国外锻炼几年，学成后再来研究所工作，她也是这副模样，坚定又自信地问他：“沈教授，您相信我吗？就算不出国，我也会成为一个优秀的研究员。”

“你这个决定，近乎从零开始。”

“放心。”知道沈知已经动容，晚安露出会心的笑容，“我之前已经跟着前辈他们学习了不少，何况您不是说我生来就是当研究员的料，那就没有什么能够难倒我的。”

沈知了解晚安的性子，她要真下定决心做什么，没人拦得住，就算这样，他还是有些担忧：“都想清楚了？”

晚安点头：“嗯。”

“那就放手去做吧，需要什么我这边会尽量帮你。”

“谢谢教授。”

汇报完工作，她还有很多事情需要处理，也就不准备在这里逗留太久，可她刚转身，就被沈知唤住。

“对了，你和小顾有联系吧？”

晚安疑惑地回头：“顾寒山？”随即才想起两人还有一段相亲的经历，虽然沈知之后也没怎么过问，但不排除卢远帆对他说了些什么，只好说，“有的，怎么了？”

“帮我送个东西给他。”

她看见沈知从抽屉里拿出一个药瓶，她没有记错的话，这和她当初打翻的有几分相似。

“这不是……”

沈知解释：“他前面过来了一趟，把这个落下了，我问过，他说他没空过来拿，你要不忙的话，一会儿帮我送过去吧。”

晚安怎么会不懂沈知的那点心思，略微犹豫了下，却还是答应：“好吧。”

事实上，她一会儿还需要去和组里的同事探讨一下手头上项目的某些问题，父母的研究也还有很多地方需要完善，她本来还打算加班的。可事关顾寒山，她还是决定下班后跑一趟。

02

晚安准时下班，当车子驶出研究所后，她恍然意识到，她并没有顾寒山家的地址。于是，她不得不给对方打了通电话。

对方接得很快，才刚“嘟”了一声，顾寒山的声音就从那边传来：“什么事？”

“沈教授让我把药给你送过去，你在哪儿？”

“家里，地址我发你。”说完，他直接挂了电话。

很快，晚安的手机提示有一条新消息。

晚安看了一眼地址，总算理解池羽那句“只有他才会大半夜路过那儿”。顾寒山家和她家，完全是在两个不同的方向，以医院为界，一个在东边，一个在西边，完全不顺路。

车驶出研究所没多久，就下起雨来，正逢下班，路本来就堵，加上下雨，大家都下意识降低车速，平时不过半个多小时的路程，硬生生耗费了一个多小时。到达顾寒山给的地址时，雨势已经逐渐变大，豆大的雨滴倾泻而下。

她给顾寒山打电话，本打算让他下来拿，结果发现电话打不通，只好亲自送上去。她敲了敲门，没有回应，不得不加大敲门的力度，结果手刚碰到门，门就从里面打开了。

“顾寒山？啊——”

她话还没说完，就被顾寒山粗鲁地拖进去，抵在门上，顾寒山的手掐着她的脖子。

晚安完全来不及反应，整个人被吓得愣住，房间没有开灯，昏暗的屋内，窗帘被猎猎寒风卷得很高，风声很大，但更大的是顾寒山近在咫尺的呼吸声。

她能感觉到周围的空气越来越稀薄，肺憋得似要炸掉一般，她伸手试图推开顾寒山，但显然没有用，忽然一道闪电划过，晚安看清了眼前的人。

头发凌乱，面色狰狞，眼睛猩红，眼里溢满杀意，这哪里是她认识的顾寒山，这完全就是一个地狱归来的恶魔。她敢肯定，这一刻，他真的是想掐死她。

“顾、寒、山……”

她艰难地喊着对方的名字，但没有用，对方像是完全听不见一般，手上力道依旧不减。就在她眼睛一黑，差点就要晕过去的时候，顾寒山突然松开她，捂着胸口，痛苦地滑到了地上。

晚安下意识地深吸了一口气，猛地咳嗽起来。好半晌，她才缓过来，扶着墙打开灯，这才看清房间的全貌。

房间是简单的北欧装修风格，东西被扔得乱七八糟，裂的裂、碎的碎，应该是顾寒山的功劳。

而此刻的顾寒山，蜷缩在鞋柜旁，看上去痛苦极了，紧咬着牙关，瑟瑟发抖。

晚安顾不得自己才刚刚死里逃生，过去扶起顾寒山，急切地询问：“顾寒山，你怎么了，是哪里不舒服，你等一下，我这就帮你联系池医生——”

她话还没说完，就被眼前的人直接拽进怀里，紧紧地，恨不得要嵌入身体般地抱着。她伸手推了推，发现他没反应，只能柔声劝道：“别这样，你先松开我，我带你去医院。”

然而，对方却似听不见一般，只是将她抱得更紧。

半晌，晚安才听见顾寒山用虚弱的声音说：“我没事。”

“怎么会没事，你松开，我这就把池羽给你喊过来。”

“别说话，让我抱会儿，好吗？”

那声音蛊惑般让晚安瞬间停下所有动作，她张了张嘴，终是什么都没再说，伸手环住顾寒山，安慰似的拍着他的后背。

两人保持着这样的姿势过了好久，一直到窗外的雨势渐渐变小，顾寒山才稍稍松开了她。

晚安轻轻推了推，试图从顾寒山怀里离开，可对方不松手，她只得出言提醒："顾寒山？"

感受到对方的挣扎，顾寒山刚刚松开的手再次收紧："怜春，别动。"

怜春！是谁?

晚安身体一僵，却终是不敢有任何举动，任由他这么抱着，一直等到耳边传来他平缓的呼吸声。

她动作轻柔地扒开顾寒山的手，费劲地将顾寒山扶到沙发上，将房间稍微收拾了一下，关好窗户，又打开客厅的空调，然后去房间拿了床被子给他盖上，才放心离开。

时间已经将近凌晨，她回到车里，从后座拿了袋面包，吃了一口觉得嚼之无味，直接扔在副驾驶上，点火，启动，驱车回家。

这么一折腾，晚安刚好点的感冒，第二天又变严重了，她咳得受不了，次日一大早又去了一趟医院。取药出来时，她正好在门口撞见来上早班的池羽。

"感冒还没好？"

池羽笑着同晚安打招呼，之前她来吊水的时候两人见过，算算时间，感冒应该好了，怎么反而咳得更严重了。

晚安摇头，别过脸又咳了两声：“昨晚受了点凉。”

“昨晚的雨确实挺大，你应该更小心点，一直这样可不行。”

“让你挂心了。”晚安笑着答应，见池羽要走，忍不住开口喊住他，“池医生，你知道顾寒山的情况吗？”

“什么？”

“他是不是一直在你这儿拿药，他的病，严重吗？”

池羽脸色一沉，上下打量起晚安，紧张地问道：“你知道了什么？”

晚安解释：“昨晚，我去他家给他送东西，看见他好像很痛苦，可他又不肯来医院。”

“他没对你做什么吧？”

池羽的眼中闪过一丝担忧，要知道，他曾经不小心在顾寒山发病的时候闯进他房间，差点被意识混乱的顾寒山掐死，幸好他爸妈出现，及时拉开顾寒山。那之后，顾寒山就从池家搬了出去，另买了一处房子，极少再回池家住。

晚安想起昨晚的事，还是有些后怕，可却摇头解释：“没有，只是他不让我给你打电话，也不肯吃药，我什么也帮不上。”

池羽有些怀疑，但很快反应过来，礼貌地笑了笑：“他的事，我想你还是亲自去问他吧。”

见池羽不愿多说，晚安也不强求，道完谢，就去了研究所。

顾寒山醒来，看见收拾整洁的客厅，又看了看身上的被子，半眯起眼来，昨晚的记忆也隐约而至。他虽然因为疼痛变得狂躁，偶尔还会失去理智，但不是毫无意识。想起那些画面，他忽然有些紧张。

她，到底猜到了多少？

这样想着，顾寒山的电话已经拨了出去。

“昨晚，多谢。”

“不用，我又没帮上什么。”

“我……”顾寒山头一次说话有些犹豫，还略带试探，“抱歉，什么时候有空，我请你吃顿饭赔罪吧。”

这样小心翼翼的顾寒山，晚安还是第一次见到。她下意识地摇头，发现对方看不见，才开口：“没事，不用这样。”

“不愿意？”

“没有。”晚安想告诉对方自己真的没有因为他的举动而生气，也不需要补偿，可是又怕顾寒山多想，干脆答应，“好吧。”

顾寒山不动声色地舒了口气：“那就这么约定了。”

说完，两人都不再开口，却谁也没先挂断电话。

晚安犹豫了好久，本来是想问顾寒山的病况，最后却变成一句：“身体好点了吗？”

“没事了。”顾寒山听见晚安咳嗽了两声，疑惑道，“你的感冒还没好？”

“嗯？”晚安诧异，没记错的话，她并没有和顾寒山说过感冒的事，但最后还是没有多问，“只是有点咳嗽。”

“注意休息，我先挂电话了。”

“嗯，好。”

03

关于顾寒山的病情，池羽让她亲自问顾寒山，可她不知道该怎么开口。

她想起卢远帆之前提到过，顾氏一直以来都很重视医药行业，不惜花重金投资各种药物研究项目，不仅如此，听说惠济医院也有顾家的股份，或许这些，都和顾寒山的病有关。

那他说，当年顾氏私下拜托父母进行研究，莫非……

正当她犹豫应该怎么去向顾寒山开口的时候，顾寒山却自己找来了研究所。

“一会儿下班有空吃个饭吗？”他在晚安去实验室的路上拦住她，虽是询问，可神态里看上去并不想给她拒绝的机会。当然，晚安也不准备拒绝。

她很清楚顾寒山来找她的原因，恐怕不单是为了赔罪。以池羽和他的关系，她问过池羽的事，恐怕早就传到了顾寒山那里，何况，就她被他无意伤害，差点掐死的事，他也需要给她一个合理的解释。

就凭顾氏继承人身患重病这一条，不知道会给顾氏造成多大的影响。

路上，两人都十分安静，谁也没有先开口的打算，而顾寒山甚至连车载音乐都没打开，车子一路朝北，最后停在一家法式餐厅前。

顾寒山绅士地下车替她打开车门，晚安心安理得地接受着他的安排，更或者是在等他会怎样同她解释一些事情。

然而，两人在角落比较隐蔽的位置入座之后，对方开口竟然是问她：“猜到多少了？”

晚安没想到对方会这样提问，表情一顿，但很快冷静下来，直接将自己的猜测如实相告：“你的病需要对外界保密，而我父母当年的研究，或许和你的病情有关吧，正因为这样，所以没有留下任何资料，而你会再次找上我，恐怕也是因为这些吧。至于你的病情，我问过池医生，他让我来问你。”

顾寒山满意地挑了挑眉，手抚上他放在桌上的香烟：“确实应该由我亲口告诉你。”

他的神色渐渐变得严肃：“很早之前，提到你父母研究需要的那个可控无限分裂细胞，我当时说，或许这世上真的有，现在我可以明确告诉你，那是我给他们的。”

晚安皱起眉头，仔细去辨认他话里的真伪，因为这些话听上去像极了一个玩笑。

顾寒山不顾她的惊讶，自顾自接着往下说：“你是不是已经想到了，几千年来，无数人都梦寐以求的东西——长生不老，实际上，只要正常人体细胞能够像癌细胞一样具有分裂能力，就完全能够实现。

“而我，侥幸成了这样，不仅如此，我的细胞愈合能力也比正常人要快得多，当然，这样长久活着也不是没有副作用，就像那晚你看到的，一到暴雨夜，我的身体就会撕裂般地疼痛，甚至会痛到失去理智，伤害别人，这不是病，只是一些后遗症罢了。”

“顾寒山，你知道自己在说什么吗？”

面对晚安的质疑，对方只是轻笑一声，并不在意，反而说了另一个令她震惊的消息：“当年，我知道你父母一直在钻研癌细胞方面的问题，于是我找到他们，问他们有没有什么因素能够控制癌细胞的分裂速度，于是我让他们提取走了我身体的一些细胞，我说那项研究是顾氏私下拜托的，其实是我私下拜托的，而我的目的其实是让他们杀死我。”

“什么？”晚安不可置信地看着顾寒山没有半点开玩笑的样子，这怎么可能，她父母怎么会答应他这种有违人伦的要求。

“当年的事情，就是这样。”顾寒山本来打算点一根烟，但想了想又收回手，他告诉晚安，“从我意识到自己拥有不死之身之后的几百年，我尝试过很多杀死自己的方法，一直到现在我还在找，你父母只是其中一次。”

“顾寒山，这个故事一点也不有趣。”

甚至有些荒诞。

顾寒山笑着反问她："你觉得我像在讲故事吗？"

一个病而已，再严重也不过是药石无医，他没必要编一个这样的借口来哄骗她。

"那你当初来找我，说会帮我恢复研究，并进行投资，其实是……是……"

"没错，我想拜托你，杀了我。"

这算是什么请求，面对顾寒山坚定的目光，晚安甚至有些害怕："你在逗我吗？"

"没有。"顾寒山收起脸上的笑意，认真地说，"我很认真，不过杀我，可不是件容易的事。"

"就算你说的这些都是真的，那多少人都求之不得的事，你为什么要反其道而行呢？"

"你觉得活得越久就会越开心？"顾寒山终于打开香烟盒，拿了一根，却没点的打算，脸上的表情有些苦涩，"亲人、好友，甚至你看着长大的孩子，最后一个个离你而去，大家都在往前走，只有你被困在原地，真的会开心吗？"

"可是你好像拜托错人了，首先，我在专业能力上不如我的父母；其次……"她目光坚定地盯着顾寒山的眼睛，"我做不到的，顾寒山，杀你，我做不到。"

那是需要下多大的决心，有多大的勇气，才能答应他的请求啊。

就算他说的这一切都是真的，他已经活了几百年，对他来说，这一生已经足够漫长，但她要怎么去杀一个活生生的人，活生生与她的人生交织，甚至十分重要的人。

顾寒山避开她的视线，看向窗外，语气状似轻巧："放心，如果是你杀我的话，用不着那些复杂的方法。"

不是方法简单与否的问题，她轻抿着唇，试图梳理此刻混乱的思绪，但无论如何，也只有那句："我做不到。"

顾寒山也没期望她这么快就能有答案，他将手里的那根烟再次放进香烟盒里，同晚安说："先用餐吧。"

现在？在他说了那么多乱七八糟的事情之后，竟然还有这样的兴致。

"吃完，我们出去走走。"顾寒山建议。

晚安最终还是没有拒绝，只是这顿饭，吃得很不是滋味。她多希望顾寒山接下来会同她说一句，刚才那些都是骗人的，逗她玩的。

然而，并没有。

饭后，两人在附近转了转，没有太明确的目的性，似乎单纯只是打发时间。

"这次真的跟你讲个故事。"

没走多远，顾寒山就缓缓开口，看上去有几分漫不经心。晚安没有接话，她知道，顾寒山并不一定需要她的回答。

“以前有个小孩，因为洪灾，成了孤儿，流落街头之后，被一户有钱人家收养，他一开始以为遇到了好心人，可到了之后才发现，那一家人收养他，其实是为了将他培养成一名杀手，好替他们摆平一切明面上摆平不了的事。

“在一次执行任务时，他伤得很重，被一个女孩子救下，那女孩没有问他受伤的原因，不分昼夜地照顾他，还替他瞒下追查，只是希望他能够带她去看看外面的世界。那是他第一次感受到人间的温暖，忘记两人立场有别，在相处中，他开始贪恋那种温暖，不仅忘记了自己的任务，甚至试图脱离养家，这是大忌。而因为他，养家残忍地将女孩全家灭门了。

“他得知这一消息，连夜赶去，却也只来得及救下那女孩。他利用自己的能力，替那女孩隐瞒身份，照顾着那女孩，却不想女孩很快知道他的身份，想要杀他，却又下不了手，于是利用他去报仇。事情败露之后，他只能带着女孩离开，可凭借他一己之力，哪能逃脱养家众多眼线，最终两人还是被养家发现，他拼尽全力也没能护住女孩，甚至眼睁睁地看着女孩死在自己面前，他带着满腔的悔恨和怨念离去。”

顾寒山深吸了口气，双手握拳用力到青筋鼓起，眼眶血红，呼啸的晚风吹乱了他的头发。晚安能够清楚地感觉到他一闪而过的杀意。

他压下内心翻滚的情绪，继续往下说：“上天似乎听到了他的怨念，他发现自己竟然没有死成，醒来后，他养好身体，在某个暴雨夜，血洗了养家。很快，他意识到自己的身体发生了一些变化，每次受伤都会很快愈合，而一到暴雨夜，身体就会疼痛异常，甚至很久之后，他发现自己好像已经老不了，也死不了。”

“那个小孩就是你？”

“也许吧。”顾寒山感叹，“你应该清楚，我没必要特意编个故事来骗你。”

他确实没有这个必要，总不至于让她怀疑他有精神障碍，顾氏怎么会允许自己的企业由一个患有精神障碍的人来接管。何况，她不相信池羽会跟着他一块儿玩这种闹剧?

说时迟，那时快，顾寒山不知从哪儿拿出一把美工刀，直接在自己手上划了道口子。晚安吓得慌忙从包里抽出纸巾，厉声道：“你干什么！”

“过会儿你就知道了。”

顾寒山安慰她，人已经开始往回走，临上车前，他撕开手上的纸巾，将手递到晚安面前：“看，已经没事了。”

可不，不仅没事，甚至已经有了结痂的现象，如果不是亲眼所见，晚安一定不会相信。

“怎么会——”

顾寒山坦然收回手，坐进车里，转头问晚安：“上次你不是就怀疑过吗？明明流了那么多血，伤口却只有那么点大。”

没错，她确实疑惑过，但当时想着或许是伤口深，不承想原来是这样。

顾寒山并不强求她现在就能接受这一切，温柔地说：“回去吧。”

回去的路上，比来时更加安静，晚安低头，脑中反复思考着顾寒山的话。她没有顾寒山这样的经历，没办法理解他的想法，包括他的请求。

顾寒山将晚安送到了小区门口，在晚安下车前，他出言宽慰道：“你不必太有负担，我会如此请求，并不是因为觉得生活太难受，而是想和正常人一样，能和有限的人生好好告别。”

“可是……”

“你可以慢慢考虑，不答应也没事。”

几百年都等了，他也不在乎多等些时间。

晚安不再多说什么，俯身道了句“再见”，就匆忙下车。

顾寒山望着晚安离开的身影，点了一根烟，思索今晚同那小丫头说了那么多，会不会把她逼得太紧，吓到她。

或许，他真的有些强人所难了。

第六章

/ 新线索 /

01

因为顾寒山的一番话，晚安思绪乱成一团，十分困扰。

段瑞城来找她时，见她一脸苦闷，不免担忧：“所里的任务很重？眼袋都拉到下巴了。”

晚安摇头，勉强露出一个笑脸：“不是所里的事，只是这两天睡得晚。”

“失眠？发生什么事了？”见晚安还是摇头，段瑞城更担心了，“那要不要去医院看看，开点有助睡眠的药。”

对方这么紧张，反而弄得晚安有些不好意思了，她推开段瑞城搭在她肩上的手，无奈地解释：“可能是前段时间太忙，留下的后遗症。”

她随口胡诌了个理由，顾寒山的事，她没办法同任何人说，就连池羽，她打电话去问的时候，也只是问顾寒山的病情。

池羽倒是一点都不意外她会联系他，甚至还问她：“有没有吓到你？”

他说：“顾寒山这些年借着池家和顾氏那边信得过的人的帮助，隐藏着身体的秘密，几百年了，他一直在等你的出现，听说只有你能够杀死他。”

同时池羽还告诉她，顾寒山的痛症，近些年越发严重，虽然池家一直都在积极帮他寻找压制痛症的药物，可到现在进展也不大，只能让他不至于因为疼痛昏迷或完全失去理智。

“他这次会这么积极地找你，大概也是清楚自己的身体情况，他不想让自己变成可怕的怪物，也害怕自己会变成那样。”

这些，顾寒山没有同她说，但她想，顾寒山会这么坦诚地和她说明身体情况，一定也是因为形势所逼。

段瑞城见她出神，伸手在她眼前晃了晃，同她说：“我向公安局申请了重新对物证进行鉴定，也仔细查看了当年的鉴定报告，抱歉，我没找到除意外外的其他原因。”

“会不会因为时间太久，查不出来？”

这一点，段瑞城不否认：“有这个可能，但是鉴定不出来，就没法得出任何结论。”

“那有没有可能是当年的鉴定不够全面？”毕竟当年只针对火灾做了鉴定。

段瑞城摇头：“不会，你父母都是科研人员，局里对这个案子很重视，当时是让鉴定科主任亲自做的鉴定。”

“这样啊。”晚安看上去有些失落。

段瑞城安慰她：“我会再仔细看看，说不定真有遗漏。”

“你说，如果是有意为之，真的会不留一点痕迹吗？”

“会不会真的只是意外？”

意外吗？放在以前，晚安或许会相信，但现在，在得知了顾寒山的特殊性后，她不得不多想。为什么会有人跟踪她多日，抢她手里的研究资料？为什么父母刚准备终止研究，就发生意外？

她忽然感觉自己像是跌进了一张厚厚的网里，拼命挣扎，反而被缠得更紧。

“也许吧。”晚安轻叹道，抬手看了眼手表，下班已经有段时间了，“不早了，一块儿吃个饭？”

段瑞城在公安局那边忙完就直接过来了，现在确实饿了，也就没推辞。当然，他更不可能错过和晚安单独相处的机会。

读书的时候，都在忙着与她较劲，等走远了，再回头看，才发现满心满眼竟只剩下她。

大学几年，他不是没有接受过别的女生的示好，可相处不到两个月就分开了，原因是对方觉得他很敷衍，每天不是泡在图书馆就是实验室，哪里有半点谈恋爱的心思。

这么一说，他忽然想起晚安，高中早自习，他俩总是最先到，晚自习也是两人走得最晚。相较于与人打交道，他们似乎更喜欢和书本打交道，就连现在工作了，也是一个整天面对小白鼠、实验皿，一个整天面对物证、尸体。

不过，这些都不是他会喜欢晚安的原因，他喜欢晚安，好像是一件十分自然而然的事，她漂亮、善良、自信、果敢，有想法，有抱负，这些都会轻易惹得男孩子侧目。

这么好的女孩，会被全世界疼爱，也是应当的。

饭后，段瑞城送她回家，到楼下，他忽然出声唤住晚安："晚安，你周六有空吗？去我家吃个饭吧。"

"去你家吃饭？"晚安疑惑地皱起眉。

"我妈这几天在念叨你，说有点想你了。"

上高中的时候，段瑞城家离学校近，有时候下课晚了，段妈妈会让她一块儿去他家吃饭，可大学之后，她就没再去过，怎么会又突然提起这个。

晚安想也没想，下意识拒绝："我最近可能没时间。"

"那过段时间呢？"

"段瑞城，我……"

段瑞城轻笑一声，如此看来，他只能坦言明说了。

“我以为你这么聪明，早该看得出我的心思，这些年，我身边就只有你，原以为那几个字，就算不说你也该感觉得到的，如今看来，我只能直说了，其实，我——”

“段瑞城！”不等他说完，晚安就已经慌张地出言打断，她微微扬起嘴角，温柔地笑了笑，解释道，“你是我除陈醉外最重要的朋友，是我可以完全信任的人，我很珍惜和你之间的感情……”

何况，她已经有喜欢的人。

晚安略微歉疚地说：“抱歉。”说完，她不等段瑞城再开口，就匆忙躲进楼道里。可她没走几步就与人迎面相撞，楼道的感应灯被他们弄亮，她一抬头，撞见一张无比熟悉的脸。

“顾寒山？”她惊呼完，立马疑惑道，“你怎么在这儿？”那是不是说明刚才的对话，他也听见了。

“来找你。”顾寒山语气平淡。

背后几步远的段瑞城也看见了顾寒山，心里立即生出几分戒备，直觉告诉他，眼前的男人与晚安的关系不简单。

“你们认识？”他走过去，将晚安往旁边拉了拉。

晚安的表情有些尴尬，夹在两人中间，左右打量过后，忙介绍道：“这位是顾寒山，研究所的项目投资人，上次我差点被人抢劫，也是他救的我。”

说完，她又同顾寒山说：“这是段瑞城，我的高中同学。”

顾寒山点点头：“幸会。”

“客气。”段瑞城脸上的表情却十分严肃，“不知道顾先生这个时间来找晚安有什么事？”

“私事。”

段瑞城瞬间拉下脸：“孤男寡女，这个点聊私事？顾先生，你可以不在乎，可晚安一个女孩子，要是因此落下口实，你想过对她的影响吗？”

顾寒山难得拿出几分耐心，解释道：“事情有些急，我一忙完就直接过来找她，倒是忘了看时间。”

眼见着段瑞城还要说什么，晚安赶忙找时机插进去：“既然顾寒山有事找我，你就送到这里吧。”

“晚安……”段瑞城试图喊住她，没想到她回头道了一句“再见”，就拉着顾寒山直接朝里走去。

屋内，晚安松开顾寒山，略微紧张地笑着，给顾寒山倒了杯热水，才开口解释：“段瑞城他没有别的意思。”

“能理解，毕竟他喜欢你。”

原来，她真的听到了。

晚安脸一红，轻咳一声，强装镇定，问他：“有什么事？为什么不等到明天再说？”

“打你电话没人接，去研究所他们又说你下班就走了，我只好找来这里，只是没想到你这么晚才回来。”

这话听着，反倒成了她的不是。不过，她下班时确实收到了他的电话，没接是因为还没想好要怎么回答他，后来段瑞城来找她，两人一块儿去吃了个饭，再后来，就是在楼下与他迎面相撞了。

她心虚地看向别处："在实验室的时候调了静音，没听到。"

好在顾寒山并不打算追究，他说："没事，当面说或许更好。"

"我记起了一些当年的事情。"

"不是说不着急吗？"

晚安的话，几乎是压着顾寒山的最后一句话同时说出来的，甚至声音更大，明显是不想顾寒山说下去。说完，她才意识到顾寒山并不是来问她的回答。

"你说什么？"

她的紧张被顾寒山尽收眼底，只见他眼里划过一丝笑意，伸手揉了揉晚安的头发，安慰道："我说过不答应也没事，又怎么会来催你？"

晚安尴尬地别过头，伸手抓了下头发，问顾寒山："想起了什么？是和研究有关，还是和事故有关？"

"都有关。"他说，"我记起来，当年你父母的项目组里，还有一个人。"

说起这个，晚安记起放在资料袋里的那张照片，忙起身去书房里将那张照片翻出来，递给顾寒山："是这个人吗？"

顾寒山没想到她这里竟然还有照片，事故发生后，他因故昏迷了一段时间，再醒过来时事情已经接近尾声，主要负责人遇难，项目组直接解散，有关他的部分顾氏基本都替他处理完了，他也就没再去管。

“没错，这应该是当时的留影。”顾寒山将得知的情况进行说明，“他叫秦泽，是你父母的后辈，在项目组负责一些辅助性工作。事故发生后，他接受完调查，就辞去了研究所的工作，没人知道他去了哪儿。我刚得到消息，他其实是去了偏远山村，现在在那儿当老师。”

晚安有些疑惑，她曾经问过沈知，可沈知说他不记得，还说照片可能是和关系好的同事随手拍的。

“可沈教授明明说，项目实际参与者只有我父母。”

顾寒山脸上闪过一丝犹疑，最后还是笃定道：“我的调查不可能出错。”

那么就可能是中间出了什么差错，难道是沈知故意隐瞒？不过晚安沉浸在找到知情人的喜悦里，明显忽略了这一点。

她问顾寒山：“能查到具体在哪儿吗？”

“应该可以。”

“需要多久，我想亲自见见他。”

“会尽快。”

“多谢。”

顾寒山带来的这个消息，在目前来说，明显是场及时雨。

该说的都说完，顾寒山也不准备久留，可他刚起身，就听见身后传来晚安的声音：“你的请求，我考虑过了，抱歉，我不能答应你。”

她考虑了很久，哪怕池羽告诉她，他已经等了她几百年，可让她亲手结束他的生命，她做不到。

顾寒山看上去并不太惊讶，像是猜到她会这么说：“是我让你为难了。”

“你的痛症……”

“都几百年了，早习惯了。”

是这样吗？可他的痛症明明已经越来越严重，甚至多次失去理智，但既然他这样说，晚安也不准备拆穿。

离开晚安家，顾寒山立即打了个电话：“帮我查一下秦泽的具体地址，一会儿发到我邮箱。还有，再查一个人。”

“谁？”

“沈知。”

02

很快，顾寒山那边就发来消息，说查到秦泽在哪儿了。

一收到消息，晚安便同组里请了几天假，说是有事要离开几天。好在组里最近事情不多，她紧急处理完后，将收尾工作留给卢远帆，就连夜同顾寒山赶了过去。

这还是晚安进研究所以来，第一次请这么久的假，沈知听说后，立即打电话询问缘由，晚安随便找了个理由搪塞过去。不知为何，她并不想让对方知道她是要和顾寒山出门找秦泽。

去之前，顾寒山提前知会过她，山里凉，让她多带些衣服，路也不好走，到时候恐怕还得步行，最好穿运动鞋。

换作平时，他哪会心细成这样，还特意打通电话来交代这些琐事。

一上车，顾寒山递了杯热咖啡给晚安：“来的路上顺便买的，路程有点远，一晚上恐怕赶不到。”

明知如此，他也没有在一开始建议晚安明早出发。

弄得晚安反而有些不好意思：“抱歉，我只是想能早点见到他，好了解当年到底发生了什么，一时没想到路程和时间……”

顾寒山冲她微微笑了笑：“我知道。”

晚安心间一暖，何时，顾寒山已经悄无声息地成为她在追寻真相路上最坚实的依靠。

杯中是晚安时常喝的热美式，不过是和顾寒山吃过几顿饭，他竟然连她不爱喝冰的东西也注意到了。

晚安先开了几个小时，才找了个收费站换顾寒山开车。她换下来后，没一会儿，就靠在座椅上睡着了，再醒来时，车子已经停在某酒店门口，而顾寒山正一只手搭在车窗上抽烟。

“这是哪儿？”

车外，天空已经露出鱼肚白，不远处的早餐店都已经开始忙碌。

晚安注意到身上的毯子，转头再看顾寒山，头发被他随意扎在脑后，露出半边脸庞，她还是第一次看见顾寒山有胡楂的样子。

见她醒来，顾寒山立马熄了烟："尚阳市。"一夜没睡，加上抽了烟，他的声音有些沙哑，"我们的车就只开到这里吧，接下来我们先搭班车到镇上，然后步行进山。"

"你一夜没睡？"晚安注意到他眼底化不开的疲惫。

"你醒之前睡了一会儿。"

那就是差不多没睡。

"你要不要休息一下？"

顾寒山摇头："不用，一会儿去车上睡。"说着，他收走晚安身上的毯子，"走吧，去酒店收拾一下，吃点东西，找个地方把车停好，就出发。"

"那你……"

"放心，我这副身体，一夜没睡不会有事。"

顾寒山宽慰晚安的同时，也说出了加快行程的理由："我们得早点出发，赶在天黑之前进村，夜里山路不安全。"

如此，晚安也就不好再说什么。

两人开了一间钟点房，酒店前台大概也是第一次在大清早碰见来开房的，睡得迷迷糊糊，好半天才折腾好。

顾寒山简单地洗了把脸，刷完牙，就将浴室让给晚安。他下楼买了早餐，故意在楼下等了会儿，估摸着晚安差不多收拾完，才给她打了个电话，带着早餐上楼。

用完早餐，两人在车站附近找了个停车场，停好车，坐上最早一班车赶去目的地。

顾寒山一上车沾到座位就睡了，看来确实很累。没一会儿，晚安也开始犯困。两人就这样，一路睡到终点站，中途晚安醒过好几次，到达时，她半个身子都靠在顾寒山怀里。

“抱歉，我不是故意的。”

她瞬间羞红了脸，忙从对方怀里起身，带上包就准备下车。哪知包带钩住座椅，她一下重心不稳，直接往后倒去，幸好顾寒山眼疾手快地扶住她。

“没事吧？”顾寒山低头问她。

那沿着耳尖轻轻划过的温润声音，真是好听极了。

这下晚安的脸更红了，她尴尬地摇头：“没……没事。”

顾寒山不动声色地松开她，晚安埋着头往外走，差点连行李都忘了拿。

剩下的路，只能靠步行，好在路上碰巧遇见别的村的马车，载了两人一程。

两人到达村里时已经是傍晚。秦泽的住处并不难找，一说找外面来的秦老师，好几个村的人都知道。

他们借口说是秦泽的亲戚，好不容易打听到地址，特地过来看望他，村里人看他们也不像坏人，直接将他们带了过去。

村民站在屋外喊了秦泽一声，说有人找。很快，从屋里走出来一个人。和照片相比，现在的秦泽明显黑了不少，也清瘦苍老了不少，但看上去还算健朗。

他应着村民，看见村民后面还有两位略显陌生的人，疑惑道："你们是？"

"我……我们……"

晚安紧张得一时不知道该怎么开口，对方却盯着她看了半晌后，突然反应过来："你、你是……晚安？"情绪有些激动。

晚安显然没料到对方竟会认出她来，连忙应道："是的，秦叔叔，我是晚安。"

村民见几人认识，识趣地同秦泽打了声招呼，便转身离开。

"你、你们……"秦泽打量起晚安，又看了看她身旁的男子，眼里泛起一丝泪光，双手端着不知道该说什么，好半天才反应过来，忙招呼两人进屋，给两人准备茶水。只是转进厨房后，他脸上露出一丝不自然的神色。

顾寒山安静地陪在一旁，没多说任何话，只仔细打量了一圈这里的情况。木制的小屋，用栅栏围出一块院子，院子里喂着几只鸡，屋旁边有一块菜地，种着一些蔬菜，看来秦泽很适应这里的生活。

趁着水还没开，秦泽终于问起顾寒山："这位是？"

"我朋友，陪我一块儿过来的。"晚安答道。

“男朋友？”

晚安下意识地用余光看了眼顾寒山，忙慌张摆手解释：“不是的，您误会了，就是普通朋友，听说我来找你，不放心，所以跟着一块儿过来。”

顾寒山适时地出声同秦泽打招呼：“秦叔你好，我叫顾寒山。”

秦泽一听，脸色瞬间沉了下来：“顾氏的人？”

顾寒山微微笑着，没有正面回答他。

秦泽心里已经有了答案，他的目光若有所思地在两人之间徘徊着，最后不动声色地将话题转移：“快二十年没见，晚安都长这么大了，没记错的话，得二十八了吧？”

“虚岁二十八。”

“好，好。”他连连点头，又问，“那现在在哪儿工作？顾氏吗？”

实际上，晚安对秦泽并没有太多印象，这会儿面对面聊起家常，多少有些尴尬，却还是笑着诚实回答：“没有，我现在在藤川市研究所从事研究工作。”

“那是怎么找到这儿来的？”

“这个——”

晚安刚一开口，顾寒山就突然被呛得咳了一声，桌下的手轻轻捏了下晚安。眸光对上的刹那，她就明白了顾寒山的意思。

“是我无意间在父母的旧物里看到他们和你的合照，打听之后，才知道你原来到这儿来当老师了，正好这次来尚阳市办事，就过来看看你。”

说着，她找出提前准备的礼品，递给秦泽：“秦叔叔，这是我的一点心意。”

秦泽忙客气道：“来就来，还带什么东西。”

“应该的。”晚安礼貌地笑着。

秦泽看时间也不早了，猜到两人还没用晚餐，弄饭菜怕来不及，就只好去厨房给他们煮两碗面。

说起来，两人还是中午在镇上简单吃了点东西，走了这么远的山路，确实有些饿了。

简单的一碗碱水面，盖了一个鸡蛋，味道却很不错。

吃饭的时候，晚安状似无意地问道：“秦叔叔，您当年怎么会突然放弃在研究院的工作，跑来这里当老师啊？”

这类问题，秦泽已经不止回答过一次，只是面对晚安，脸上的表情多少有些不自然：“我当时本来只是准备来山里调节情绪，结果正好碰见这儿的老师辞职，就顶了几天，想走的时候孩子们都哭着让我留下来。回到藤川，我始终放心不下这里的孩子，反复考虑过后，就直接辞职来了这儿。”

“是因为当时那场事故吗？”

秦泽点头：“差不多，毕竟组里发生那么多事，我一时也没办法适应。”

晚安还想说什么，顾寒山适时地握了握她的手，提醒道："你难得来看秦叔的，就别提过去那些事了。"

"对对对，不说这些。"晚安赶忙咧嘴笑着，换了话题，"秦叔叔，你一个人住这儿？"

秦泽点头："嗯，我一个人。"

"没结婚？"晚安惊呼，很是疑惑不解，"不可能啊，秦叔叔年轻的时候那么帅，又有文化，不至于没小姑娘追啊？"

"我没钱，又没地位。"

这样有一嘴没一嘴地聊着，一直到秦泽看外面天色不早，才合计怎么安排两人住下。

他这儿的房子并不大，就一个厨房，两间房，一间用作卧室，一间勉强算是书房，但没床，倒是可以勉强打两个地铺，但念及两人的身份，他提议："要不就委屈小顾跟我在书房打地铺，让晚安去我那间睡？"

晚安想着一来就睡人家主卧不太好，可她和顾寒山睡也不合适，正纠结该怎么办，却听见一旁的顾寒山开口："我和她睡书房就好。"

这下不止晚安，连秦泽都惊讶："你和晚安住一间？"明明一个多小时前，才跟他说两人只是普通朋友。

晚安赶忙将顾寒山拉到一边，低声问道："你胡说什么？我们俩怎么睡一间房？"

"放心，我不会对你怎么样的。"

“我不是怕这个，而是我们俩……不合适。”

“你不在我眼前，我不放心。”

“哈？”晚安一愣。

顾寒山解释道：“我们尽量不要分开，万一有什么事，也好有个照应。何况我的身体情况你也清楚，是不能让别人知道的。”

既然这样，晚安只能硬着头皮同秦泽说：“秦叔叔，不用那么麻烦，我就和顾寒山睡书房吧。”

“你和他？”秦泽面露疑色。

晚安不好意思地笑了笑，不多做解释，任由对方误会。

说是睡一间房，其实不过是分别睡在房间两边，距离相隔甚远。

大抵是顾寒山给她的印象太过正直绅士，没让晚安有过任何误会，他那么说，晚安也没有太过顾虑和担忧。

“顾寒山，睡了吗？”大概是认床，又或者是身边那人的气场太过强大，晚安翻来覆去睡不着，忍不住问道。

木制的窗户没安窗帘，窗外的月光能直接照进房间，投出斑斑光影。

顾寒山声音懒散地问她：“怎么了？”

“说说你这几百年里好玩的事吧。”

其实她只是想喊他一声，被他这么一问，只能随便找了话由接着往下说。

可好一会儿，顾寒山那边都没有回答。

就在晚安以为他不愿说，翻了个身，准备睡的时候，身后却传来了他的声音。

“你想听哪段？”

“随便吧。”

顾寒山顿了下：“那就说你父母那会儿的事吧。”

晚安下意识地转头看向顾寒山，看着黑暗里那个模糊影子，轻声应道：“好。”

顾寒山得到晚安同意后才开口，安静的夜晚，他的声音浑厚低沉：“我是在一次学术交流会上知道你父母的，那会儿池弋已经是藤川市有些名望的医生，我本来是过去找他的，却意外被你父母的发言所吸引，于是私下对他们进行了调查，见过几面，深入了解后，就决定开始那个研究。

“早期是让顾氏的人和他们接触，随着研究的深入，他们在专业方面不断探索，在他们决定攻破癌细胞的难关时，我才私下和他们见了一面，答应提供一些难得的样本，要求是想办法杀死我。”

晚安不解：“他们这么轻易就同意了？”

“可能我提供的样本诱惑性太大。”想到事关她父母，顾寒山又多解释了一番，“当然，他们也不是一听说就立马答应，我跟他们谈了好久，才勉强谈妥，只是没想到他们会为此失去生命。”

她在家里见过她父母年轻时候的各种获奖证书，他们确实是科研界少有的天才选手，同时还肯刻苦钻研、脚踏实地、稳扎稳打，加上两人配合默契，一直被称为科研界的“金童玉女”。

哪怕她已经尽量在控制自己的气息，压下心底翻涌而至的悲伤，可开口的声音还是有些微微发颤：“他们平时都是什么样的人？”

沈知怕说起这些她会难受，基本上都闭口不谈，就算她偶尔问起，也总是一句话带过。

只是这个问题似乎让顾寒山有些为难，过了半晌，才听见他缓缓开口：“你母亲是个很聪明的人，不管是在人情世故上，还是研究上，和她谈话的时候，连我都会变得小心翼翼，因为她总是轻易就能举一反三。”

“那我父亲呢？”

“他呀，看上去似乎只对两件事感兴趣，一是研究，二就是你母亲。听说你父亲当年追你母亲，还成了藤大的一段佳话。我和他单独见过几次，可他总是很不耐烦，但要是你母亲在，就完全不一样。”

“这你都看得出来。”晚安破涕为笑，“不过我父亲确实很爱母亲，大家都说做研究的脑子都轴得很，认定了什么就是什么，非要整出个所以然来。”

所以，沈教授才会一直忘不掉曾经的爱人，她父亲也一生永远只对母亲温柔。

不知道她哪天会不会也变得这么执拗。

“放心，我会帮你找到真相的。”顾寒山的声音忽然带着几分坚定。

她想，或许那个人已经来了。

两人就这么散漫地聊着，这或许是她认识顾寒山这么久以来，第一次听他这样闲散地说话，那温柔的声音，带着细微的北方口音，轻柔入耳，分外动听。

不知过了多久，她终于睡着了，忙忙碌碌折腾了两天，她已然很累了。

只是等她睡熟后，顾寒山轻手轻脚地起身，借着月光，在房间里翻看起来，像是在找什么。

03

就在晚安想着应该怎样开口，不显得目的明确，还能从对方嘴里套出自己想要的内容时，秦泽在早餐过后，主动提起。

“你来找我，恐怕不单单是来看我吧。”

说起来，他虽然是看着晚安长大的，但那会儿他在研究院资历尚浅，每天都在忙东忙西，根本没有时间和晚安交流，最多也就是偶尔碰上，互相打声招呼。

近二十年过去了，他可不认为晚安还会记得他，甚至特意跑到这里来看他。他来这儿的事情，从未向任何人透露过，包括他的父母。

既然这样，晚安也不准备再拐弯抹角：“我确实是有些事情要问你，您还记得我父母最后的那个研究吗？中间有没有发生什么特别的事？”

“你父母的研究？”秦泽下意识地看了眼顾寒山，“你已经知道那个研究了？”

“大概知道一些。”

秦泽脸色越发严峻：“沈知告诉你的？”

晚安摇头：“是我无意翻到了一些资料。可沈教授说，他并不是主要的研究人员，虽然清楚他们的研究课题，但并不了解具体实施过程。”

“这样啊……”秦泽倒是不意外沈知会这样说，稍作停顿，似乎在回忆当年的事情，最后才开始说，“当年的课题是限制癌细胞疯狂生长分裂，他们认为目前针对癌细胞的治疗手段都不够彻底，只有从根本上限制癌细胞的生长速度，结合外科手术，才能让患者痊愈。

“前期做研究准备时，确实只有他们两人，可项目开始之后，他们忙不过来，就邀请我一块儿参与，然而以我当时的专业能力，其实只能帮他们处理一些琐碎的事情，真正关于研究内容的部分，我并不怎么能理解。”

晚安着急追问：“那事故发生的时候，您在吗？”

“我……我不在，当时正好有份材料要上交，我送材料去了。”说到这儿，他停顿了下，眼里满是悔恨，猛地喝了口水，才接着往下说，“可送资料途中有事耽误了一会儿，再回来，实验室已经被大火围住。

“我、我想过去救他们，可是火势太大了，我不敢进去，我在外面喊他们，可没人答应。”

他情绪有些激动，内疚地埋着头，抓着自己的头发：“对不起，如果、如果当时我不那么胆小，他们说不定就不会……”

晚安张了张口，却又不知道应该说什么。

这时，顾寒山伸手轻轻握住她的手，什么也没说，却是在告诉她，不用撑着。

“这不是你的错。”晚安轻声说道，有些疑惑地问秦泽，“当时的实验很危险吗？”

她了解过，简单的药物与细胞反应研究过程中，就算发生爆炸，也不至于造成那么大的火灾。

秦泽好一会儿才收拾好情绪，长叹了口气：“他们喜欢挑战难题，当时为了找到合适的作用酶，做了很多大胆的尝试，但都是安全的。”

“那您知道他们当时其实打算暂停研究吗？”

秦泽明显一愣：“暂停研究？这我不知道，虽然那段时间研究进展确实不理想，他们几乎天天都在熬夜，但从未听过要放弃。”

晚安疑惑：“会不会是研究实在进行不下去了？”

“不会。”秦泽摇头，他低头沉思了会儿，给出一个更为坚定的答案，“虽然当时的实验确实进入了瓶颈期，但投资人还没有撤资，而且研究的大方向并不存在问题，没道理突然暂停研究。”

那他们为什么会突然做那样的决定，而且看上去还很急切。

她疑惑地看向顾寒山，并不怀疑他那边的消息有假，她看过那份邮件，确实是用父亲的账号发过去的。

现在看来，这个决定他们只告诉了顾寒山。

“你们是从哪儿知道他们准备暂停研究的？”秦泽问她。

晚安不准备将顾寒山牵扯进来，于是说：“我在父亲的邮箱里发现了一封邮件。”

秦泽没问邮件是发给谁的，到底是聪明人，他的目光在两人身上打了个转，最终什么都没说。

晚安本来不想多做打扰，准备中午就回去，按照秦泽的说法，他恐怕知道的也不多，但秦泽十分热情地邀请他们多住两天再走。

理由很简单：“既然大老远赶过来，就多待几天吧。”

晚安推托不得，只好多留了一天，何况她看得出来，对于她的到来，秦泽似乎很开心。初见她时，秦泽眸光里激动地闪烁着泪光，次日一大清早他就忙着给她准备早餐，甚至担心她可能吃不惯这边的吃食，特意做成了藤川口味的。

她虽然极少与人来往，但也能感受到对方的好意。

对于她的决定，顾寒山没任何意见，事实上，从她提出要来找秦泽起，顾寒山就没有说过任何一句否定的话。

实际上，虽说留他们多住一天，可秦泽在学校还有事情要忙，没空陪他们，只好指了几个地方，说他们可以去看看。

相比其他方面，秦泽似乎更关心晚安的感情，趁着顾寒山不在的时候，又问了一遍两人究竟是什么关系。

晚安依旧否认，秦泽意味深长地笑了笑，却还是忍不住提醒她："你可得当心点，那小子的心思可比你深沉得多。"

晚安笑着没多做解释。

想着反正也没什么事，晚安和顾寒山就随便在附近转了转。这里基本上还保持着山城的农村景象，大多数人过着早出晚归的劳作生活，生态环境维持得很好，花红柳绿，空气清新。

山里的温度较低，连花都开得稍晚一些，这会儿漫山遍野的杜鹃，才零星地打着几个小花苞，连各家门前的桃花杏花，都才刚刚开放。

她忽然感叹："已经很久没有离开实验室这么久了。"

"想回去？"

晚安摇头："没有，只是有些不习惯。"

她一直以来都想成为顶尖的科学家，想代替父母继续往前走，从懂事起，她就一直努力地学习各种知识，一刻也不敢放松，生怕不够努力，会让他们失望，还从来没有这么闲过。

"你对自己的要求太高了。"

晚安仰头看着顾寒山，明明他总是不苟言笑，连说话都刻意带着几分疏冷，事实上，却是个细腻又温暖的人。

心思深沉又怎样，他至少一直心怀善意。

晚安突然有点好奇："按理说，你难道不应该把自己藏起来，尽量不与人接触？毕竟你的身体，可是大多数科学家都想要的研究材料。"

“也不是没藏过。”顾寒山淡淡地笑了笑，“起先好多年，经常搬家，后来有池家帮忙，就方便多了，近百年，偶尔会离开一阵，再换身打扮，换个身份回来，还算自在。”

“就算这样，还是有被认出来的危险啊。”

“我很少亲自去处理事情。”

晚安悻悻地撇了撇嘴，不服气道：“那你就这样出现在我面前，还把那些事直接告诉我，不怕我把你绑去实验室，天天拿你做实验吗？”

顾寒山轻笑一声，大方地说：“你想要的话，随时可以来和我说。”

他笑得那么好看，好看得晚安的心跳不经意就漏了一拍。

晚安忙收回目光，别过脸去强装镇定，但一开口立马暴露了她的紧张：“我……我可是有职业素养的研究员。”

知她是害羞，顾寒山脸上的笑意更深了。

中午，两人去秦泽的学校用了午餐，回到家，搬了两张椅子在院子里躺着晒太阳，没一会儿，晚安就睡着了。

一直到秦泽回来，她还乖巧地睡在小躺椅上，脸颊被晒得红彤彤的，十分可爱。晚安本来就是瓜子脸，平时打扮也素净，她要不说年龄，第一眼见她的人都会觉得她还是大学生。

很快，秦泽就收起笑意，冷着脸问顾寒山：“你们问那些是准备做什么？”

他可不认为顾氏的人愿意陪晚安来这山里，就为了弄清楚那些问题。

“她想继续那项研究。”顾寒山坦诚相告。

“在藤川研究所？”

“不然呢，她可是藤川研究所的研究员。”

“也是顾氏投资？”

顾寒山笑而不答。

秦泽脸色立马紧张起来：“让她不要那么做，那项研究——”他话音一顿，再开口时语气竟有些担忧，“研究的难度很大，她没必要为此堵上自己的前程，何况你们不是说前辈都准备放弃了嘛，那就说明研究或许根本就进行不下去。”

“你觉得她会吗？”顾寒山反问。

“没有投资人，她就没办法进行。”

顾寒山看了眼旁边酣睡的小姑娘，认真表示：“顾氏向来讲究诚信。”

秦泽算是看出来了，对方根本就是看中了这项研究。

“你——”他略显苦闷地叹了口气，试图劝说，“事情没有你们想得那么简单，那场事故已经带走了前辈的性命，我不希望她再遭遇任何危险。”

“什么意思？”顾寒山半眯起眼睛，目光锐利。

好巧不巧，晚安刚好醒过来，见两人僵持，有些疑惑地问：“你们在聊什么呀？”

秦泽反应极快，立马起身边解释边进屋："我问他知不知道你喜欢吃什么，结果他也不知道。要不你自己说，今晚想吃什么，我去给你做。"

晚安甜甜地笑了笑："都行，秦叔叔您随便就好。"完了，还问，"要我帮忙吗？"

秦泽以厨房太小为由拒绝了她。

等秦泽一进去，晚安就凑过来问顾寒山："你们刚刚到底在聊什么？"

"秦叔找我问了些你的近况，顺便问你爱吃什么，本来是打算给你个惊喜。"

晚安好奇："你知道我喜欢吃什么？"

"方便面。"他不假思索地答，末了，还加了一句，"我看你家有好几个空箱子。"

晚安尴尬地摸了摸鼻子，不再多说，搬着椅子回屋了。

秦泽还想再留他们，但晚安念及研究所还有事要忙，就婉言推辞了，说以后有时间再来看他。

可没料到，晚饭的时候，忽然刮起大风，没一会儿就淅淅沥沥下起雨来。

顾寒山随口吃了点饭菜就借口不舒服，回了房间。

他一走，秦泽就问晚安："他怎么了？"

晚安没法告诉他实情，只能故作轻松地说："老毛病，天一凉就不舒服，问题不大。"

如此，秦泽没再多问。

晚安帮忙收拾完厨房，立马去看顾寒山，一进房间，就看见他缩在房间的角落里。

她忙过去问道："你还好吗？"

顾寒山费力地抬起头看她，脸色惨白，额头和脖颈上的青筋突起，嘴唇生生叫他咬出了血。

他说："还行，不过再过一会儿就不知道了。"

忽然，一声惊雷响起，顾寒山猛地缩成一团，为了维持理智，他居然直接拿头去撞墙。

晚安还没从雷声里缓过神来，又见顾寒山这样，着实吓得不轻，赶忙一把将他抱住："顾寒山，别这样，你会受伤的。"

"找个绳子，把我绑起来。"

"那样你会更痛。"

顾寒山显然已经很难受了，大声催促道："快，你拦不住我，万一失控，我怕、我怕我会伤了你。"

"不会的。"晚安死死抱住顾寒山，硬是不肯松开半分，"顾寒山，我信你，你不会让我受伤的。"

"晚安！"顾寒山试图劝说。

可那小丫头犟着一张脸，不再说话，只是拼尽全力去抱住他，生怕他伤害自己，那倔强的模样，竟让他不忍再挣扎。

外面的雨还在继续下，两人谁都没再说话，只是这么近的距离，晚安能够清晰地感觉到顾寒山的隐忍，牙齿摩擦的声音清晰可闻，身体因为抵抗疼痛而微微战栗……

她不敢轻举妄动，担心弄疼他，只能轻声告诉他："实在疼的话，就喊出来，别忍着。"

而此时的顾寒山，已经因为疼痛渐渐失去意识。相比较于上次的狂躁，这次因为喝了药，倒要冷静得多。他下意识将手收紧了几分，紧紧搂着晚安的腰，这柔软的怀抱，竟让他有几分安心。

安心得，有几分熟悉。

"怜春，是你吗？"

晚安没听清，以为他哪儿不舒服，忙问："你怎么了？"

而顾寒山生怕她会消失般，将她抱得更紧："怜春，我痛……"

这次，晚安听得真真切切。

又是这个名字，为什么每次在他意识恍惚拥着她，将她抱得这么紧的时候，却总是喊着别人的名字。

她忽然有些好奇，那究竟是个什么样的女人，能够被顾寒山惦记几百年，成为他意识深处最刻骨的存在。

这才是他要结束他这漫长生命的原因吧，因为她不在了，所以活上千年百年，都不过是循规蹈矩，浑噩度日。

"顾寒山，你到底是不曾在乎我半分啊。"

否则，怎会不明白她的心思，怎会提出那样的请求，怎会以为她能看着他离开。

顾寒山在半夜恢复意识，一睁眼就看见一张清秀的脸庞，嘴角向下，眉头紧皱，像遇到了什么烦心事。

他忍不住想替她揉开那份郁结，可他微凉的手指刚碰到她额头，就被对方下意识拍开。

顾寒山被她逗笑，本想将她抱到另一边去，无奈这小丫头实在将他抱得太紧，甚至他一动，就听见她不满的声音。

“顾寒山，不要动，会更疼的。”

他心间一暖，脸上的笑意更深了几分，也不再将她拉开，小心翼翼地找了个还算舒适的姿势躺下，拉过一旁的被子，给对方盖上。

次日清晨，晚安醒来时，顾寒山已经起床了，正在外面和秦泽说事。

昨晚的暴雨，导致村里发生多处山体滑坡，造成一定的道路堵塞，硬走倒也可以，只是刚下过雨，土质松软，可能还有会滑坡的情况发生。顾及安全，秦泽建议他们再多住两天，等路通畅了再走。

顾寒山无所谓，只说等晚安醒了再决定。

晚安想到顾寒山昨天刚熬过痛症，加上两人还有行李，这时候走山路确实不太安全，于是说等路通了再走。

于是，两人又多待了两天。

秦泽自然是最高兴的。他年轻时，就很崇拜晚安的父母，也是因为他们才毅然决然去的研究所，虽然最后遗憾离开，但依旧很是向往。

如今，晚安能来这儿看他，他十分欢喜，却又有些担忧。当年的事，以一场意外粉饰太平，他不确定那小姑娘究竟知道了多少，但都找到这儿来了，恐怕也是有所察觉。

不然怎么一寻到机会，就来问他关于研究的事。

“秦叔叔，研究院只有你们几个人知道那项研究吗？”

“秦叔叔，大火之后真的没留下一点资料吗？”

“秦叔叔，您还有印象吗？能不能告诉我你们当时的研究事宜，让我学习学习。”

……

这些，秦泽大多给的都是否定答案，甚至还试图劝说晚安不要再去想这个实验。然而被问及原因，他却只说过去了这么久，说不定一开始的研究方向就是错的。

幸好接下来的天气还不错，路修整得很快。走的时候，秦泽给他们装了一袋子这边的特产，让他们带走。

晚安本来觉得行李多，不好带，但拗不过秦泽的坚持，只能应下。

走之前，顾寒山突然问秦泽：“你为什么一直留在这儿？”

秦泽警惕地挑了下眉，笑着答道：“不是早就说了嘛，发生事故，对研究灰心，正巧这里的孩子很喜欢我，他们也是真的需要一位老师，就留下来了。”

“是意外还是人为？”

“我不清楚。”

就在两人间的气氛变得紧张时，顾寒山又露出淡淡笑容，谢道：“这几天麻烦你了。”

晚安适时地插进来：“秦叔叔，您要是有空，也可以去藤川找我们，记得好好照顾自己，我有时间会再来看您的。”

“快走吧，再不走会赶不到车进城的。”

秦泽一路催促着将他们送到村口。

相比来时，走的时候，就没那么着急了。

原本以为，秦泽可能会知道一些当年的情况，可哪知他明明在研究组，竟然也对实验、事故所知略少。

“顾寒山，你是不是和我想的一样？”

在回藤川的高速上，晚安终于憋不住问了出来。这几天，秦泽的态度很奇怪，不仅对当年的事情三缄其口，还明确不想让她碰那项研究。

顾寒山点头，漫不经心地答道：“差不多。”

“那就说明当年的事，可能不是意外。”

“是不是意外还不太清楚，但绝对没有外面说的那么简单，他们在准备停掉研究前，肯定发生过什么。”

究竟是什么事，能让研究所的知情人全都缄口不言，没有留下任何相关资料和记录，甚至一再不想让她追查下去。

“顾寒山，我有种不好的预感。”晚安深吸了口气，紧捂住胸口。

她像是走进了某个深渊，前面一片黑暗，没有半分光亮，而深渊前方，下一秒也许就会出现一个张着血盆大口的怪物。

顾寒山空出一只手握住她的手，虽然没有看她，但语气坚定：“我说过，会帮你，不管是研究本身，还是和它有关的真相，所以，不管会遇到什么，我都帮你顶着。”

晚安心里一暖，鼻尖一酸，笑道：“多谢。”

“能换个词吗？”顾寒山有些嫌弃地问，两人认识的不长时间里，他听得最多的就是这个词了。

“那你想听什么？”

顾寒山状似认真地想了想，最后却也只是一句：“算了，没什么。”

第七章

/ 他不一样 /

01

刚回到藤川，晚安就接到段瑞城的电话，问她在不在研究所，说有事找她。

想起此前刚婉言拒绝过段瑞城，她下意识地想回绝，对方显然也猜到了她的心思，于是补充了一句：“我有新发现。”

他这么说，晚安自然没了拒绝的理由。

她说了个地址，让顾寒山送她过去。

段瑞城到的时候，正好同顾寒山擦肩而过，对方冲他微微点了点头，就直接离开。

段瑞城脸色很难看，他知道晚安这几天请假，却不想竟是和顾寒山在一起，她一向做什么事都独来独往的，却和那个男人关系亲密，他嫉妒。

他原以为有些事是顺理成章的，却不知什么时候，事情早已偏离了原来的设定。

段瑞城望着晚安，心里有无数疑问，最终说出口的却是："我对物证进行了仔细对比，怀疑事故发生时，实验室里还有别人进去过。"

他这么说，自然是撇开了那些灭火救人的消防员，和后面过来调查的警察。

当时因为灭火救人，进出人流较多，对现场造成了一定的破坏，增加了调查难度，所以经过多日调查，最后确定火灾原因是实验操作不当，引发爆炸，造成电路短路。

晚安目光一顿，瞬间想到一个人。

她不动声色地喝了一口咖啡，谨慎地问道："怎么说？"

"他们当时应该正在进行实验，就算意外发生爆炸，实验室也还是太凌乱了，各种器皿碎得满地都是，不像是他们为了救资料弄的，更像是某个不熟悉实验室，或者不清楚研究内容的人翻找什么东西而造成的。"

"可你说的这些，当时的法医和警察不可能没注意到。"

"那要是所有人都称对事情完全不知情呢？加上研究的保密性，甚至还可以倒打一耙说你父母在实验室发生争吵造成的事故。"

没想到，竟让他说对了一半。

目前，她得到的答案里，真的如他所说，谁都不清楚研究的具体过程。

段瑞城见她若有所思，又补充了一句："我看过证词，所有人都在推脱。"

整件事情，从口供，到调查，都顺理成章，好像那场事故就真的只是一场意外。可如果是意外，为什么事故之后，研究所没留下任何东西，就连提都没人再提；为什么沈教授和秦泽都不希望她继续研究，甚至希望她能够置身事外；为什么她父母会突然决定终止研究，还只告诉了顾寒山，真的是进行不下去了吗？她不相信父母会犯这样的错误；而秦泽又为什么会在事故后迅速离开研究所，躲进了山里？

看来，她还得再去一趟尚阳市。

考虑到事情可能有危险，晚安并不准备将秦泽的事情告诉段瑞城，只感激地说："瑞城，谢谢你告诉我这些，我会看着处理的。"

"你已经猜到是谁了？"段瑞城何等聪明，怎么看不出晚安是想撇开他，他追问道，"谁？在哪儿？我跟你一块儿去。"

"不用。"晚安果断拒绝，叮嘱段瑞城，"今天说的这些，你不要和任何人提起，剩下的，我会自己看着办的。"

对于她的决定，段瑞城多少有些生气："唐晚安，我以为就算你不接受我的心意，至少我们也还有十来年的情谊在。"

"就是因为这样，我才不能把你也拉进来。"

"那顾寒山呢？"

"他？"晚安被他问得一愣，低下头，喃喃地说，"他，不一样的。"

段瑞城心里堵得慌，不知道从什么时候起，他和晚安之间已经建起了一堵墙，又或者，从头到尾，两人就是在墙的两端。

离开前，他忽然回头，认真地问晚安：“我们还是朋友吧？”

晚安笑着回答：“一直都是。”

饶是如此，段瑞城也半点高兴不起来。他弯了弯嘴角，好不容易露出一个笑脸，掩下眼底的失落，转身离开。

段瑞城一走，晚安也离开了咖啡厅，她在门口拦了辆出租车，当司机问她去哪儿的时候，她微微愣了下，最后报了研究所的地址。

研究所今天有会要开，全体研究人员都要参加，早在群里通知过，可她来这儿，却不是为了开会。

她没告诉任何人她回来了，进研究所后，就径直朝旧实验楼走去。那场事故过后，研究所迅速翻修了各个实验室，可没几年，拉不到赞助，那栋旧实验楼还是空了下来，如今不过是这儿的一栋标志性建筑罢了。

她打开其中某间实验室的门，走到窗边的实验台前坐下。从随身的包里翻出一个本子，她开始默写各种公式。

小时候，她父母第一次将她带进实验室，教她做一些简单的实验时，她看见了一个崭新的世界，那里色彩斑斓、耀眼夺目。此后的很多年，她都沉迷在这个世界里。

她一直以为，做研究是这世上再简单不过的事，只要一路过关斩将就够了。现在才发现，简单的事情底下原来也暗潮涌动。

不知不觉，晚安一直待到夜深了，研究所的人差不多都走完了，她坐在里面，甚至连灯都没有开。

顾寒山来时，轻轻叩了叩门，抬手打开灯。晚安抬头就看见他笔直地站在门口，双手插兜，眼里藏笑。

“你怎么知道我在这儿？”

“没回家，你还能去哪儿？”

晚安并不深究，浅笑着问他：“是有什么事吗？”

“陪我吃顿饭，你应该还没吃晚饭吧。”

晚安不解，没记错的话，他们中午才刚分开，而他也不是非要与人一起才能吃饭的人。

见她犹豫，顾寒山不满地催促：“快点，我已经订好位置了。”

晚安想了想，到底没有拒绝。说起来，回到藤川，她只在中午喝了一杯咖啡，确实早就饿了。

顾寒山订的是一家很有名的中餐厅，听说里面的大厨个个都在餐饮界大有名气。晚安向来不在意这些，有所耳闻，还是因为陈醉天天在她面前念叨。

入座后，顾寒山大手一挥点了一大桌菜，满满当当摆了一桌，哪里是两人能够解决的分量。在晚安疑惑的注视下，他多少有些不好意思：“没关系，吃不完可以打包。”

“可这也太多了呀。”晚安无奈地说。

顾寒山嘴硬，随便找了个借口：“很久没过来，好些菜都想尝尝，不小心点多了。没事，我一会儿要去医院，带过去给池羽就行。”

实际上，晚安从咖啡馆离开时，顾寒山还没走，从咖啡馆到研究所，他的车跟了一路，最后停在研究所门口。他能感受到她的难过，却什么都没问，用自己的方式安慰她。既然如此，她也就不准备拆穿。

名厨就是名厨，顾寒山随意点的一桌菜，每道味道都好。

晚安本就饿了，这下食欲全被唤醒，而那个一开始说要来吃饭的人，不过吃了两口就停下了筷子。注意到顾寒山的目光，晚安停下来，不解道：“怎么了，不好吃吗？”

顾寒山微微笑着，摇头：“没事，你吃。”

“哦。”

晚安闷闷地应了一声。实际上，她也吃不下多少，顾寒山也看了出来。意外的是，等吃得差不多，他当真找服务员拿了几个打包盒，将没吃完的都打包带走。

回去的途中，顾寒山总算开口问她：“段瑞城和你说了什么？”

“他说，意外发生后，可能还有人进过实验室找东西。”晚安转头看向顾寒山，小心翼翼地问他，“秦叔叔会不会对我们撒了谎？”

她一点也不想去怀疑秦泽，可是以现在的情况来看，除了他，她想不到别人。

顾寒山神色平静地反问：“如果真的是他，你准备做什么？”

“不知道。”晚安诚实地回答，神色为难，“我原本只是想知道我父母当时到底在研究什么，可以的话，尽我所能去完成那项研究，可等我查下去，事情越来越复杂，让我不得不去怀疑那场事故的真相。”

顾寒山心疼身旁的小姑娘，摸了摸她的头，试图宽慰：“或许并不是你想的那样，我们不能单凭猜测就给人定罪，是不是？”

晚安敛着眸，好半晌，轻叹了一声：“但愿吧。”

下车前，顾寒山告诉晚安：“你如果想找秦泽当面对质的话，我和你一起。”

“你应该很忙吧。”

他没有非要帮她的理由，更没必要跟着她去涉险。

顾寒山转头，目光坚定地看着晚安，郑重地说：“你一个人去，我不放心。”

“可是……”

“别让我担心，好吗？”

晚安微愣，四目相对，心跳瞬间不受控制，脸颊也迅速升温。她张了张嘴，似要开口解释，却又不知道要说什么。好半天，她才反应过来，赶忙收回目光，微微欠了欠身，说了句“再见”，慌乱地开门想要下车。

顾寒山快她一步锁上车门：“晚安，我知道你在顾虑什么，但是……”他扳过晚安的肩膀，好让她看着自己的眼睛，“答应我，不管要做什么，让我和你一起。”

“顾寒山，别这样。”晚安别过脸，试图躲避。

她会误会的。

明明一开始，他只是为了让她结束他的生命，才故意接近她，可又为什么还要让她一而再，再而三地心动。

池羽说，他的痛症越发严重，而他也在害怕自己某一天会完全变成怪物，可她，作为他找了几百年的解药，却什么都做不到。

顾寒山无奈地松开她，坐回驾驶座，打开车门锁：“早点休息。”

晚安没有回应直接便下车，脚步仓促，逃也似的跑了。

等她进入小区，顾寒山驱车去了惠济。

池羽忙完，看见桌上的饭菜，道了声谢。等走近看，发现满满的能摆一桌，他一脸疑惑地问顾寒山：“你没事点那么多菜干吗？”

顾寒山漫不经心地回答：“不知道她喜欢吃什么，就挨着点了几个招牌菜。”

池羽无语：“那你为什么不直接叫她点？”

“她没心情。”

什么！池羽震惊地看着顾寒山，恨不得将他盯出两个洞来。

他顾寒山是什么人，几百年来，冷酷无情，嘴硬心硬，什么时候关心过人，可现在，竟然会为了那小姑娘做到这种地步，莫不是……

池羽微微皱起眉，到底也没有明说，何况就算他问，顾寒山也肯定不会承认。

02

晚安最后还是准备一个人去找秦泽，可她还没出发，顾寒山就出现了。

对方看上去有些生气，招呼都不同晚安打，直接拉开车门就坐进了副驾驶。晚安一下没反应过来，还没说话，就听顾寒山催促道："愣着干吗，不是要走吗？"

她到底也不好直接赶人，只能硬着头皮上车。

两人马不停蹄地赶到村里，却被眼前的一幕惊住了。秦泽家院里院外围了好多人，各个神情黯淡，不少人脸上还闪着泪光。

一种不祥的预感从晚安心底冒出来："顾寒山……"

顾寒山皱着眉，随后拉了一位村民问道："怎么回事？"

村民打量一番两人，记起来他们几天前刚在秦泽家住过，听说是秦泽的亲戚，于是略微遗憾地表示："秦老师，走了。"

"什么！"晚安立马越过人群冲进最里面，却又在最前方顿住。

屋前的小棚里，摆着一张新制的棺木，棺木前，是秦泽的黑白照片。晚安不敢相信眼前看到的一切，明明他们走的时候，秦泽还好好的，短短几天怎么就变成这样。

顾寒山跟上来，扶住她的肩膀，提醒她："先进去上炷香。"

秦泽的父母亲人都远在藤川，当年他来到这儿，就再也没有离开过，当地村民不知道他还有亲人朋友，更联系不上，于是自发为他举行葬礼。

晚安压下心里的各种情绪，恭敬地朝秦泽上了一炷香，鞠了三次躬。

从村民口中得知，秦泽是在晚上离开的，他一个人住，一直到第二天，孩子们见他一直没去学校，大家来找人，才发现他死在了书房里。

医生说他误吞了大量的安眠药，公安局过来调查了一番，没发现他杀痕迹，最终以自杀结案。

晚安凝眉想了很久，又去秦泽房间看了一圈，总觉得哪儿不对劲。

“顾寒山，你觉得秦叔叔是会自杀的人吗？”

顾寒山摇头：“不像。”

就算秦泽真的撒谎了，事故发生时曾经进过实验室，也大可以找个恰当的理由圆过去，没必要等他们一走，就立马自杀。总不至于是看到她之后，实在过于内疚，然后畏罪自杀吧。

顾寒山的目光落在书房的书桌上时，眼里闪过一丝锐利的寒光：“这地方，还有人来过。”

“什么意思！”

“书架的陈设变了，不仅如此，桌上的相片也少了。”

书架上，书的摆放规律乱七八糟，明显是在翻乱后，又重新摆上去的，而书桌的玻璃板下压着的照片少了好几张，他没记错的话，都是和研究所有关的。

晚安何其聪明："有人不想让秦叔叔开口？"

"或许是不想让你知道什么。"

晚安不解。

顾寒山提醒她："别忘了，一直以来，对方都在阻止你进一步接近真相，最好是让那件事直接石沉大海，可偏偏你不仅没放弃，还查到了这儿，怎么不让人害怕。"

而秦泽肯定是知道些什么，至于他为什么会愿意瞒下来，原因就不得而知了。

"这么说来，进实验室的人就不是他了，当时或许另有隐情，那么秦叔叔的死……"

晚安疑惑地瞪大双眼，如果不是顾寒山率先看破了这些，那么布置这一切的人，就会让她误以为秦泽是畏罪自杀，而一切也就都能解释得通，她就不会再寻找真相，

"是有人想扰乱你的视线。"

晚安沉默，半天没再说话，再开口时眼眶通红："顾寒山，所以是我害死了秦叔叔。"

"别这么想，这不怪你。"

"怎么能不怪我，是我非要找什么真相才来到这里的，如果不是我，秦叔叔可以在这里平安地度过余生，都是因为我，他才会……"

晚安哽咽着，说不下去。

“不是的！”

顾寒山伸手捧住她的脸，看着她的眼睛，十分坚定地说：“你只是想知道真相，那有什么错，别把别人的过错揽到自己身上，这样岂不是正着了坏人的道？”

“可是——”

顾寒山将她拉进怀里，轻轻替她拍着后背，安慰道：“晚安，你做得很好，一直以来，都做得很好。”

“我没有，我差劲死了。”

晚安不满地小声反驳，听起来反倒像是在撒娇。顾寒山不再接话，嘴角倒是露出一丝极淡的笑意，他紧了紧胳膊，将人抱得更紧了些。

按照这里的规矩，明天是秦泽出殡的日子，晚安决定今晚留下来守夜。虽然她和秦泽只相处了短短几天，可秦泽到底是父母的朋友，而且如果不是她来找他，他也不会这样离开。

秦泽这十多年来，几乎和每家都交好，走的时候，全村人都来为他送行，队伍排了好长，晚安走在队伍最前端，手里端着秦泽的照片，每一步都走得铿锵有力。

她对秦泽的记忆，除了前两天，就只有小时候，他偶尔过来请教她父母问题，那时候，他还很年轻，戴着眼镜，笑容干净。

他的梦想是成为一个优秀的研究员，可因为那次意外，他放弃梦想，远离世事，躲到这里。村里人说，秦老师除了是学校的老师，还是村里的紧急医生，只要村民有需要，他总能第一个赶到。

他们都说，他是个好人，来世一定享尽富贵。

晚安也祈祷，愿如他们所愿。

离开前，晚安将房间收拾了一遍，走的时候，她站在门口，仔细打量了一番这间屋子，脑海里闪过一丝疑惑，可又抓不到由头，一直到离开，她都没想明白。

陈醉好些天没联系到晚安，从池羽那儿听说她这段时间竟然跟着顾寒山在外面四处跑，得知她回来了，二话没说杀到了晚安家。

“唐晚安，老实交代，你和顾寒山到底是什么关系？”

“朋友。”

晚安给了个十分无聊却又供有心人遐想的答案，至于两人原本复杂又令人费解的关系，她并不打算同陈醉说明。

“谁信！”陈醉才没那么好应付，不过想起曾经在医院有过一面之缘的男人，觉着倒也不错，至少她打听到，对方家世背景不错，人品也不错，重点是竟然能令晚安心动，实属难得，“其实，你要真和他在一起，我也不反对，毕竟你也不小了，对方看上去应该还算靠谱，听池羽说，家里还是做企业的……”

晚安听不下去，赶忙打断她的喋喋不休：“你见过他吗？怎么就看出他靠谱了？”

他不过是希望她能动手杀他，怎么看得上她的那点心意，何况他心底里还有个记挂了几百年的心上人。想到这儿，她心里就不自觉涌上一股酸意。

陈醉不服输：“怎么没见过，就你上次住院那晚，见过一面。”

“这就看出他靠谱了？”

陈醉理所当然地点头：“当然，长得那么好看，心肠肯定也坏不到哪儿去。”

这逻辑，让晚安不知说什么好：“没人会把自己是浑蛋写在脸上。”

“他是浑蛋？”

“那也不是。”

“这不就对了。”

晚安不满地问：“你来就是为了说这些？”

“可能吗？”陈醉鄙视地看了一眼晚安，从包里拿出一套护肤品，放到茶几上，“你常用的那套，前几天出国看见，就带了套回来，本来早就准备送来的，结果你电话都打不通，问卢远帆，说你请假出去办事去了，结果我去池羽那儿，才知道你是和顾寒山鬼混去了。”

陈醉问：“说，你们去哪儿了？电话都打不通。”

“去找我父母的一个朋友打听点事情。”

陈醉知道她在调查当年的事，她也不打算隐瞒。

“打听到什么了吗？”

晚安摇头：“没有。”

陈醉过来抱了抱她，安慰道："没事，都过去了那么久，哪儿那么容易打听到，何况，上了年纪、记性不好的忘都忘得差不多了。"

晚上，陈醉非说很久没见她，要在这里留宿，结果半夜，吵着说饿了，要点烧烤。

晚安知道陈醉的性子，点了烧烤恐怕还得点几瓶酒，到时候还得强迫她跟着一块儿喝，为避免这样的情况，晚安迅速去厨房给她煮了两包泡面。

陈醉对泡面没有任何怨言，吃得很是享受。用她的话说，晚安也就煮泡面的手艺还过得去。

次日，晚安回研究所报到，她到得有点早。本以为办公室应该没人，哪知刚踏进办公室，就看见一个高大的身影朝她奔来，下一秒，她就被卢远帆死死抱住。

"姐，我总算见到你了。"

晚安好一阵拳打脚踢，才挣脱出来，下意识地往后退了两步，仰着头嫌弃道："干吗，我就请几天假，至于这样吗？"

卢远帆鄙视她的不解风情，却又忍不住好奇："你请假干什么去了？"

"一点私事。"晚安并不想同他解释。

"哼，小气。"他轻哼道，掉头在办公桌前翻了半天，找出一堆资料交给晚安，“这是这些天的实验记录，还有你让我查的研究资料，不过，姐，你要这些资料干什么，我们暂时又不研究癌细胞。”

关于她父母的研究，她还没打算拉卢远帆进来，只能解释：“没有，就是想了解一下。”

卢远帆没再多问，刚要走，又回头补充道：“对了，过段时间学校可能会有很多事情要忙，记得帮我留几个大实验，别都自己做完了。”

“那我可没那么多时间等你。”说起毕业，晚安随口问道，“想好是去读研，还是直接出国了吗？”

这个事情，卢远帆其实也在犹豫，他父母那边的意思是希望他先考研，然后再去国外学习两年，但有晚安这种天才在前面探路，卢远帆总觉得那样有些浪费时间。

他告诉晚安：“研究所今年不是有两个名额吗？我想争取一下。”

然而，晚安意外地拿出长辈的姿态同他说：“出国一趟其实也挺好，他们开展研究的历史比我们要长，值得我们学习的地方也很多，国内环境毕竟没那么成熟。”

意思很明显，别说让他这会儿就来研究所工作，就连在国内读研，她都觉得不够。她知道卢远帆的能力，但综合来说，国外的研究环境确实要更加广阔。

“怎么连你都这么觉得？”

晚安知道他的性子，吃软不吃硬，于是问他：“要不就先读研，时间够的话，我帮你留着助手的位置。”

这样，卢远帆才勉强答应考虑考虑。

其实，他到底是出国还是读研，轮不到她操心，卢院长的严厉她是见过的，只不过是她正好在带卢远帆，多少有些感情，才顺便多提了一嘴。

晚安看了一会儿资料，估摸着沈知应该已经在办公室，想过去报个到，正好，她也有点事情要问他。

沈知见她回来，还有些惊讶："什么时候回来的？"

"昨天下午到的藤川。"晚安答道。

沈知故意问她："接下来半个月不用再请假了吧？"作为研究所的骨干人员，她这一走，耽误下来的事可不少。

"不用了。"

"那就好，没事的话你就先去忙吧。"

可他说完，晚安依旧站着不动，脸上的表情甚至还有些凝重。

在沈知发出疑问前，她开口问道："教授，您记得秦泽吗？"

"秦泽？"沈知歪着头想了一会儿，才记起来是谁，"你问他干什么？"

"我听说他同我父母关系不错，好像还在同一个研究小组待过，您还记得的话，能同我稍微讲讲他的事吗？"

"不太记得了。"沈知摇头，"你怎么突然想起问他了？"

“没什么，我以为他可能会知道一些当年的事，说不定能告诉我一些关于研究的内容。”

听她这么说，沈知忽然想起她前段时间交上来的提案，免不得严肃了几分：“晚安，我理解你想要完成那个实验的想法，你用私下的时间来研究，我都不拦着你，但你现在因为这件事，放着手上的项目不管，三天两头请假，耽误的可是一个组的进度。”

晚安一时不知道该怎么辩解，何况，沈知说得没错，这段时间，自她意识到事故可能不是意外之后，确实分了不少心思过去。

沈知语重心长地告诉她：“他们那项研究，什么资料都没留下，你交来的提案我也看过了，实施起来难度不小，加上你现在手里还有别的事情要忙，我也是不想你最后两头都没落下好。”

晚安轻抿着唇，委屈巴巴地应道：“我知道了，那就不打扰您了，再见。”不等沈知再开口，她就转身直接离开。

卢远帆见晚安耷拉着脸回来，赶紧上前问道：“怎么，沈教授骂你了？”

晚安摇头，直接拿起办公桌上的资料：“去实验室吧。”

因为秦泽的离世，晚安不仅没问到有用的线索，甚至连好不容易查到的线索也都直接断了。事情发展到现在，她已经十分确定，那场事故没那么简单，可如今，线索断了，沈教授那边的回答又永远只有“不知道”三个字，事情仿佛陷入了僵局。

她像是一脚踩进了沼泽，拼命挣扎，却都成了徒劳。

晚安一连好几天将自己闷在实验室里，卢远帆还以为她是被沈知骂的，小心翼翼观望了两天后，终于忍不住问道：“姐，你没事吧？”

晚安盯着她的实验，头都没抬一下，却还是应了卢远帆一句：“没事。”

“可你这都闷在实验室好几天了。”

“前段时间请假耽误了一些进度，这几天得补起来，否则会拉慢整个小组的研究进度。”

这确实是原因之一，但更多的，是她想给自己找点事情做。

她这边的事情陷入窘境，顾寒山那边要找的东西却有了新的线索。他提前打电话过来问她，有没有时间陪他去参加一场拍卖会。

晚安下意识想拒绝，第一，她怕顾寒山会再提起那个请求；第二，顾寒山一心想死，她做不到冷眼旁观，也没有阻拦的勇气和理由。

可最终，她还是答应下来。

去拍卖会的路上，她犹豫了好几次，想问他是否真的别无选择，可最终还是什么都没有说。

反倒是顾寒山主动找她闲聊：“还好吗？”

她连着几天没日没夜地工作，就算出门前特意化了个简单的妆容，也掩不住眼底的憔悴。

“挺好的。”

虽然她这么说，顾寒山还是趁着红灯，从车载冰箱里给她拿了一瓶牛奶。

“少熬点夜。”

晚安没有拒绝，接过之后，却只是拿在手里，然后靠着座椅小憩了一会儿。一连好几天没好好休息，她确实很容易累。

车子平稳地驶进拍卖会现场的车库，顾寒山却没急着叫醒身旁的人。她睡得有些沉，看上去并不安稳，眉头紧皱着，表情凝重。

这张与他记忆里的人有着八分相似的脸，总是不经意就让他的心变得柔软，秦泽的事，他有责任，如果他没带她过去，或许，就不会变成如今这样。

不知道是不是他的目光太过灼目，晚安翻了个身，猛地睁开眼睛，醒了过来。

她问：“到了吗？”

“嗯。”顾寒山镇定自若地收回目光。

03

拍卖会上，来的都是各界的有钱人，或是富商，或是明星，也不乏暴发户。不管见谁，都得寒暄客套一番。

晚安还是头一次参加拍卖会，好在她和顾寒山谁都不认识，即便如此，两人姣好的样貌，还是引得不少人侧目。

晚安在拍卖名册上找到顾寒山要的那把刀，与她上次看到的那把相比，太过朴素了。

刀柄与刀鞘没有任何装饰，如果非要说它特别，恐怕就是过去了这么多年，依然光洁如新，没有任何锈迹，还有拔出刀鞘后，露出的血红色的刀锋。那似沁了血般的颜色，让晚安不自觉地被吸引。

晚安看了它的标价，并不便宜，在今天一众拍卖品里，算是中上的。

“确定就是它吗？”拍品被人端上来时，晚安慎重地问顾寒山。

顾寒山摇头：“不确定。”

他只知道，那把刀听说是怜春的父亲从一位名匠手里寻来，留着给她防身用的，当年他虽然被那把刀抵过脖子，但怜春收手的速度太快，他来不及细看，又被她收进了袖中。最后一次见它，是怜春将它插在顾家家主的胸膛里，当初，他赶着救人，哪还能顾得上这些。

这些年，他一直研究自身的问题，后来在某个典籍里，找到一段文字。根据里面的记载，得知如今这副样子，是因为心里怨愤太重，而唯一的解救办法，就是抹平心里的怨愤。

也就是，将他这条命还给那个人，用她贴身佩戴的那把刀。

不知道是不是因为那把刀的外观太过普通，又或者这些所谓的富商对这种毫无历史背景，也无法体现身份地位的物件不感兴趣，总之，顾寒山没花多少钱，就顺利拍到了它。

当工作人员将那把刀交给顾寒山的时候，他没有接，而是让人直接递给晚安。

晚安一碰到那把刀，脑海里就猛然闪过好多片段，她脚下一乱，险些摔倒。

顾寒山及时扶住她，而晚安一抬头，眼里竟满是泪水，身体好像已经不是她的了，四面八方汹涌而至的悲伤，压得她喘不过气来。朦胧间，她看见了一张与自己十分相像的脸，只是从打扮上看并不是现代人。

“你的目的也和之前那些人一样吧？”轻柔的嗓音，带着几分小女孩的俏皮。

这应该就是顾寒山口里的“怜春”了吧，与她相比，怜春要更温婉动人，天真的眼眸里似藏有星辰，难怪会让顾寒山记挂几百年。

“你若杀了我，就真的走不掉了。”很快，晚安又听见怜春接着说，“放心，我会替你瞒过父亲的追查，但是你得在这个月的十五，带我去外面看看。”

她说：“我身体不好，身为将军的女儿，却不能骑马射箭，还整天病恹恹的。但我天天只能待在这院子里，早就闷死了，他们都说外头的夜市很有趣，你能带我去看看吗？”

她说：“顾寒山，我真后悔救了你，我应该一刀杀了你的。”

她说：“阿顾，你就站在你那边，站在与我有不共戴天之仇的另一边，与我分道扬镳吧，可是阿顾，我真的好喜欢你……”

……

那些不属于晚安的画面，幻灯片一般地在她脑海播放着，最后定格在顾寒山那张伤痕累累的脸上。

晚安抬起头，还没办法从那莫大的悲伤里抽离出来，脸上的妆已经花得不成样子。她深吸了一口气，淡淡地说：“应该就是它了。”

可顾寒山脸上没露出半点喜色，反而担忧地问她：“你没事吧？”

晚安摇头：“没事，我去洗手间整理一下。”

回去的路上，晚安神经紧绷着，生怕顾寒山会再次对她提出那样的请求。

脑海里还在反复闪过前面看见的那些画面，那个天真又温柔的女孩说——阿顾，如果哪天你对不起我，我一定会亲手杀了你。

这么多年，顾寒山都想履行对她的承诺，想将这条命送给她赔罪。

只是，为什么，这一切，却偏偏要她来兑现。

呵，还真是残忍。

可直到车停在小区门口，顾寒山也没提起别的事。

晚安等了一会儿，见对方没什么要说的，于是礼貌地道别：“我到了，再见。”

顾寒山不知道在想什么，明显心不在焉，好半天才反应过来，忙说：“今天，多谢。”

晚安道了句“路上小心”就直接下车，顾寒山却盯着她离去的方向，心事重重，最后叹了口气，打通池羽的电话。

池羽刚从手术室出来，接到顾寒山的电话，还来不及开口，就听到顾寒山略带疲惫地问他："有空出来陪我喝两杯吗？"

池羽愣怔地看着已经挂断的电话，怀疑方才的一切是不是错觉。

毕竟，顾寒山约他喝酒，那是多么稀奇的事情啊。

在池羽的印象里，顾寒山从不喝酒，他说不喜欢醉后不省人事，也不喜欢酒后袒露心声，他曾听顾寒山无意说了一句，在这个世上，想要活得久一点，就得时刻保持清醒。

酒自然是碰都不能碰的东西。

这么多年，就算是在池家的餐桌上，过年过节大家小酌几杯的时候，顾寒山也只会喝饮料。

"干吗，受什么刺激了？"

池羽处理完手上的事情，直接开车去了顾寒山所说的地方，找到顾寒山时，桌上已经摆着好几个空酒瓶。

"我好像，在害怕。"顾寒山坦言。

池羽很快反应过来，他今天去参加了一场拍卖会："东西找到了？"

顾寒山没回答，反而自顾自地又喝了一杯："我明明等这个机会，等了几百年，就为了能够解脱出来，可现在，人找到了，东西也找到了，可我却……"

"那是不想死了，还是怕唐晚安拒绝？"

"都不是，就是忽然不敢说出口。"

他忽然害怕面对她左右为难的模样，害怕她红着眼眶告诉他办不到，害怕她指责他的冷血与残忍。

也是，他的请求本来就是疯狂的，又怎么会有人心安理得地答应呢？她又不是几百年前杀人不眨眼的他。

“你爱上唐晚安了。”池羽直言，甚至用的是肯定句，语气里没有半点迟疑。

哪怕酒精已经让顾寒山的大脑开始有些混沌，可听池羽这么说，他立即出言反驳：“不可能。”

“这么肯定？”

顾寒山没有回答。

池羽给自己倒了杯酒，主动碰了下顾寒山手里的杯子，感叹道：“其实仔细想想，唐晚安也不是没有吸引你的地方，毕竟她可是长着一张让你记挂了几百年的脸。”

池羽曾经问过顾寒山，要怎么在茫茫人海里找到那个可以杀死他的人，当时，顾寒山的回答过于缥缈。

他说：“只要她出现，我一眼就会认出来。”

他确实一眼就认了出来，不仅如此，还在查清那丫头的身世背景后，轻飘飘地说了一句“我救过她”，别说多得意。他担心那丫头的安危，三更半夜跑去救她，在她被人抢劫后，这位向来深居简出，对谁都疏远三分的老人家，连着大半个月风雨无阻地跑人家研究所门口接人下班。

不仅得陪人家找真相，还得担心人家有没有吃饭，忙前忙后，热情主动。池羽认识他几十年，还从没见他对谁这般好过。

“她不是怜春。”顾寒山醉醺醺地喃喃，“她和怜春不一样的，怜春温柔却张扬，晚安她……”他作势想了半天，最后低低叹了一句，“她让人心疼。”

池羽不屑地轻嗤一声：“还说没有爱上她。”

“没有，我怎么会喜欢上她，她不过是个小姑娘。”顾寒山更加坚定地否认道。

你听听这话，哪里有半点否认的样子，说是在反驳池羽，倒不如说是在试图说服自己。

池羽也不介意，淡淡地笑着，换了一个方式问他：“可如果唐晚安爱上你呢，她爱上你了，你还能说出让她杀了你的话吗？”

顾寒山没回答池羽，只是闷头猛地灌了大半瓶酒。他忽然有点后悔喊这小子出来喝酒，真是一点都不会看人脸色，还专戳人软肋。

结果，池羽竟然还故意继续说：“顾寒山，你应该要清楚，就算不谈你在顾氏的身份，单凭你这张冷漠无趣的脸，也还是会轻易就叫一般女孩子心花怒放的。”

“她不是一般女孩子。”

她比一般女孩要聪明、坚强得多，她十分清楚自己想要什么，更清楚什么可以要什么不可以要。她是那么独特，独特得好像小王子望着满园玫瑰，仍觉得自己星球上的那朵最动人。

“那她也是女孩子。”池羽反问他，“你拿什么断定她不会喜欢你？”

这一次，顾寒山拿不出半句反驳的话了，他眼神迷离地盯着眼前的酒，却没有任何动作。

池羽语重心长地拍着他的肩膀，提醒道：“顾寒山，她如果真喜欢你，你让她做的事就太冷血、太残酷了点。”

顾寒山呆呆地坐在那儿，过了好半晌，才淡淡地说了一句：“我知道该怎么做。”

他会怎么做呢？

池羽十分好奇，却到底没再继续追问。

第八章

/ 我答应你 /

01

拍卖会后，顾寒山没再联系过晚安，当然，若是无事，他极少会联系她。

晚安想，这样也好。

没了顾寒山的出现，没了有关那场事故的事情，一切好像回到了最初的原点，只是中间陈醉来找她看了几次电影，可她提不起太多兴趣。

她每天将自己关在实验室里，卢远帆见状，好几次都试图劝说，看她根本不听，只能作罢，过来这边的次数倒是比另外几个学生勤快很多，他嘴上说是怕她背着他搞什么大动作，实际上是担心她将自己绷得太紧。

某个星辰璀璨的夜晚，晚安早早用过晚餐，拿了本书，在落地窗前坐下，给自己泡了杯牛奶，结果段瑞城突然登门拜访。

听见敲门声，她随手捡了件外套披上，透过猫眼见是段瑞城，忙打开门。

她疑惑地问来人：“这么晚了，有事吗？”

段瑞城神情严肃，说：“不久前，我收到一份视频，我想你应该看看。”

晚安马上反应过来，忙退了半步让出位置，谨慎道：“进来再说。”

进屋后，不等晚安招呼，段瑞城先从口袋掏出一个U盘，摆在桌上：“我今天加完班，准备走的时候，门卫告诉我，我到了一个包裹，我打开一看，里面只有个U盘，这是拷贝的那份。”

他问晚安：“电脑在家吧？”

晚安连忙点头，去书房将自己的笔记本拿出来。

U盘里，只有一个视频，是段监控画面，地址是研究所旧实验楼的大门，视频画质很差，不用想也能猜到是什么时候的，从这个角度来看，看不见发生事故的那间实验室，但是能够判断那段时间，哪些人进出过实验楼。

点开视频，没多久，画面里就出现一名成年男子，躲躲闪闪地离开实验楼。

段瑞城将视频快进了一些，这过程中，没有任何人出现，随后爆炸声响起，很快，那位成年男子匆忙回来，冒着大火直接冲进实验楼。

因为实验楼老旧，加上各种设备器材都是易燃品，火势迅速蔓延。这时，有人发现实验楼着火，监控画面里的声音变得有些嘈杂，但没人敢往里冲，都喊着打电话给消防。

消防车来得很快，在大家忙着救火时，监控画面的角落，一个人影一闪而过，故意避开人群，从现场离开。若仔细看，还能发现那人是带着伤离开的。

晚安盯着最后屏幕上定格的画面若有所思，沉声问道：“能查出是谁寄给你的吗？”

段瑞城显然早就已经追查过，可说出来的名字让晚安很是诧异。

“秦泽。”他告诉晚安，“我让人查过，快递是从尚阳市底下的一个小县城里寄过来的，平邮，所以速度很慢。可我打电话到尚阳那边，他们的人告诉我，寄件人在前不久离世了。”

晚安的声音有细微的颤抖：“有人为处理痕迹吗？”

“没有。”他已经麻烦技术科那边检查过，视频没有合成痕迹。

“查出来是谁了吗？”

“监控设备太老旧，画质不清晰，没办法做放大处理。而且对方有意避开摄像头，只能从身形判断，是个成年男性。”

听他这么说，晚安竟不动声色地舒了口气。

“你对这人有印象吗？”段瑞城问她。

“没有。”晚安几乎是不假思索地否认道，大概是觉得自己说得太快，赶忙在后面又加了一句，“我不记得在研究所见过这个人。”

“私下呢？”

晚安摇头：“没有，除了研究所的同事，我想不到他们还会接触什么人。何况，研究所也不是谁都能自由出入的。”

段瑞城也能想到会是这样，毕竟连他那边都查不到的事，晚安当时年纪那么小，就算见过，过去近二十年，也未必还记得。

他认真地说：“我会想办法帮你查的，至少这能够证明，事故发生时，确实有行为可疑的人进出过实验楼。”

晚安神情有些恍惚，段瑞城喊了她好几声，她才回过神，冲段瑞城感激道：“谢谢你。”

“跟我客气什么，”段瑞城淡淡笑着，“你可是我最重要的朋友。”

他珍惜与晚安之间的情谊，更懂得进退有度，他不能让自己的喜欢成为对方的困扰。

事情交代完，段瑞城也不准备在这儿久留，离开前，他多少有些不放心：“没事吧？”

晚安的情绪过于平静了，明明好不容易有了新线索，可她看上去不仅没有开心，甚至有些失落。

“没事，”晚安扬起一个灿烂的微笑，“路上小心。”

送走段瑞城，晚安回到客厅，脑海里想着刚才的视频。

刚刚，她撒谎了。

监控里出现的那个人，她认识，不仅认识，甚至十分熟悉。哪怕是十几年前的画面模糊不清，哪怕换了发型，换了装扮，不曾拍到正脸，她还是一眼就认了出来。

那个人是——顾寒山。

是在一开始就热情地向她伸出援手，一路以来积极帮她找寻线索，陪她忙东忙西，让她心动、爱慕的顾寒山啊。

他说，研究事宜是顾氏的人在联系；他说，那天顾氏的人还来不及去见她父母。

可刚刚的视频，轻易就拆穿了他的谎言。

她从来没有怀疑过顾寒山的话，连段瑞城都觉得惊讶，她竟然会这么轻易就对一个人推心置腹，她是那么信任他啊，可忽然，她觉得自己像一个上不了台面的小丑，按照他写的剧本，被他牵着鼻子走。

会是他吗？

为什么，要是他？

这一夜，忽然变得漫长又煎熬，想起与顾寒山的种种，原来她一直都在他的算计之中。

可她呢，明明知道他是刻意接近她，知道了他别有目的，却还是轻易就被他吸引，去在意他，因他而欢喜。

思及此，她只觉得胸口像是压着一块巨石，闷得难受。

一夜无眠。

清晨，天不过蒙蒙亮，晚安将车开到顾寒山家楼下，却又不敢上楼。

她在抽屉里看到陈醉不知道什么时候落下的烟，突然想点一根试试，可第一口就把自己呛得半死，咳了半天，才缓过来。她气冲冲地将手里的烟一扔，一鼓作气，冲到楼上。

顾寒山被她吵醒，睡眼惺忪，一边抓着头发，一边问她："怎么了？"

真见到他，晚安心里好不容易建起的铜墙铁壁瞬间崩塌，还是顾寒山招呼道："先进来再说。"

顾寒山给晚安倒了一杯温水，顺势在她旁边坐下。

晚安捧着水杯，不敢看顾寒山，手指无意识地扣着杯身，过了好久，才听见她用微不可察的声音说："那个人其实是你，对吧？"

顾寒山半眯着眼，不知道她在说哪件事，直到晚安又补充说了一遍："段瑞城说的，那个在事故发生时去过实验室的人，其实是你吧。"

她抬头看向顾寒山，此刻，他如果否认，再给她一个合理的解释，她一定不会质疑半句，可他不仅没有辩解，竟然直接承认："你知道了啊。"

"没错，是我。"他把头发往后拨了拨，解释道，"在得知你父亲想要终止实验的想法后，我拒绝了他们的请求，因为当时我在他们那儿看到了希望，不想这么轻易就放弃，何况，顾氏在他们身上投资了那么多钱，不能因为他们一句研究进行不下去，就全打水漂了。"

"所以你就杀了他们？"

“我威胁了他们，当然过程很不愉快，之后，我还有事，就先走了，可没等我走出研究所，实验室就发生了爆炸。”

“那你又为什么还要回去？”

既然在事故前发生过口角，这时候，不应该急着避嫌吗？怎么还会主动往里冲？

顾寒山提醒她：“别忘了，实验室有我的细胞样本，事情如果闹大，调查起来，那东西落在别人手里，对我很不利。”

晚安红着眼质问：“那你答应帮我找资料，陪我找线索，恢复研究，调查真相，就不怕我会知道这些？”

“答应帮你恢复研究，是看中你的能力，也算是对你的一点点弥补，毕竟，当年的事故，和我脱不了关系。而且，当时我进去，火灾还不算太严重，如果选择先救人，他们或许还有生还的机会。”

他说得坦然，甚至不在乎挑得更加明确一点：“我来找你，本来就是想让你杀我，你会不会知道这些，对我影响并不大。”

“顾寒山，你骗我。”

她认识的顾寒山虽然性情冷酷，不苟言笑，却绝不是一个自私自利，甚至见死不救的人。

顾寒山被她的话逗笑，目光更坚定了几分，同面前像是马上就会哭出来的女孩说：“我从来不骗人。”

晚安鼻尖酸了又酸，眼里装满了泪，好像下一秒就会溢出来，她紧咬着唇，硬是将它们憋了回去。

顾寒山见状，靠近她的手下意识想将她拉进怀里，可下一秒，却换了方向，拿起桌上的那把刀，递给晚安。

他告诉晚安："我说过，你杀我用不着那些复杂的方法，只要将它插进我的心脏，何况，你也有理由杀掉我，不是吗？"

"没有！"晚安不肯接那把刀，本能地往后躲，"顾寒山，你就是在骗我，就是想让我来杀你。"

"你父母的研究难道不是我拜托的？不是因为我的研究发生的意外？不是因为我的见死不救烧伤严重？"他厉声质问晚安，他趁机抓住对方的手，将刀交给她，真诚地说，"晚安，你父母是因为我才离开的，你要替他们报仇，我绝无怨言。"

"那你为什么要等我发现了才承认？"

"没有，我一开始找你，就是想让你一点点找到我身上来。只是没想到，这么快就被你知道了。"

原来，从一开始，就都是骗局啊。

这像是压倒晚安的最后一根稻草，眼里的泪终于再也憋不住了。

想到他看戏般将她耍得团团转，一步一步看着她走进他设好的圈套，如果不是秦泽留着那份监控资料，还寄给了藤川市公安局，她居然还会在他的线上，由他牵着鼻子走。

知道这些，她应该恨透了顾寒山的。

顾寒山已经握着她的手，将那把刀抵在他胸前，只要她稍稍一推，那把刀就会刺穿他的心脏。

那张令她思慕过的脸，此刻冷漠又坦诚，双手握住她颤抖的手，眼里真诚地在说，杀了我吧，我甘愿赎罪。

动手吗？

用这简单粗暴又看似平等的方式，来结束他对她的伤害，也终结她在别人那儿从未得到过的悸动。反正他们之间一开始不就只是一场交易吗？而那些她兀自产生的情感，不过是自作多情。

可，那握着刀的手，怎么也按不下去。

怎么能按下去呢，就算他亲手杀了她父母，也不该由她这样制裁的啊。

最终，她慌乱地扔下刀，从顾寒山家逃离。

她做不到的，坐在她面前的是一个活生生的人，就算他罪大恶极，也该让法律来定罪，怎么能让她来呢？

一想到，她如果将这把刀插进去，就亲手结束了一条性命，她就后怕。

外面居然已经太阳高照，阳光和煦，清风习习，周遭的一切看上去都那么美好，反而衬得此刻憔悴落魄的她格格不入。

晚安驱车从顾寒山的住处离开，却一度没办法冷静下来，她脑子混乱极了，眼泪像决堤般完全不受控制。

她一遍又一遍地擦着眼泪，可还是很快就会模糊视线，车速一降再降，最后竟直接停在路中间。

身后的车主按了按喇叭，不耐烦地变道离开，路过时，还打开车窗啐了她几声。

晚安只觉得胸口闷得难受，任由泪水滑过脸颊，顺着下巴落下，她着急去擦，可越擦反而越多。

为什么？为什么偏偏是顾寒山？

偏偏是不由自主放进心里，忍不住想靠近，毫无保留去信赖的顾寒山。

她走走停停，最终将车开到了酒吧门口。因为是白天，酒吧里只有为今晚的狂欢做准备的酒保在，为了消遣，店里放着慵懒的流行乐。晚安走到吧台坐下，麻烦他随便给自己倒杯酒。

酒保什么都没问，给她倒了杯纯度偏低的酒，赶紧去后厨，给老板打了个电话。

老板本来就在来的路上，一听这事，快马加鞭地赶了过来。

老板到酒吧时，晚安已经喝空了大半瓶酒。

酒保一直在她附近擦着桌子，见老板来，长舒了一口气："一来就这样，什么都不说，只要酒。"

老板示意他先去忙，然后转身进了吧台，动手调了一杯酒，递给晚安："要替你联系陈醉吗？"

"不用。"晚安摇头，倒也没觉得对方在多管闲事，甚至解释道，"她这会儿很忙的。"

如此，老板就不擅作主张，反正也不着急这一会儿，过会儿再通知也不迟。

过了一会儿，他又过来："要中饭吗？"

她现在这样子，看上去实在太憔悴了，忍不住让人心疼。

晚安喝了一口酒，摇头。

他正好自己也要点外卖，就顺便给晚安也点了份。面对别人的关心，晚安到底也没有拒绝，安静地吃完饭，又继续喝酒。

老板估摸着时间，给陈醉打了个电话。

陈醉到得很快，和老板打了个招呼，立马冲到晚安面前，一脸担忧地问："怎么了？出什么事了？喝这么多酒，怎么还哭了啊？看这眼睛红得，都成兔子了。"

晚安抬头，眼神已经有些迷离，看了好久，才认出陈醉，立马扑上去抱住她："醉醉，我好难受。"

"是哪儿不舒服吗？还是谁欺负你了？"

陈醉任由她抱着，轻轻拍着她的后背，语气难得温柔。

两人认识十来年，陈醉还是头一次见晚安这样，心里虽然很想弄清楚原因，却也知道应该循序渐进。

"顾寒山。"

"他欺负你了？"

晚安摇头："他是个王八蛋，他不喜欢我就算了，为什么还不准我喜欢他！"

她擤了擤鼻子，直接将眼泪擦在陈醉的衣服上，委屈巴巴地说：

“我好不容易喜欢一个人，他却告诉我，我不能喜欢他，我真的好难受。

“他知不知道，当我见到教授介绍的对象是他时，我其实是开心的。后来，他答应帮我找线索，安慰我，担心我，我都是很感激的。可原来，他都是骗我的，他不过是看我可怜，觉得利用我太自私，所以顺手给了点好处，可我居然被那点好处给打动了……”

陈醉没空理解那么多话，一听到顾寒山竟然把晚安给惹哭了，心里的气就不打一处来：“顾寒山这个王八蛋，我这就去骂他！”

“别去，”晚安拉住她，“不能让他知道。”

“那你就任由他欺负，还一个人喝闷酒？”

“不关他的事。”

都这样了，居然还在替对方说话，陈醉心里的火气更大了，念及晚安的情况，只能忍了又忍，先照顾好眼前失意的泪人儿再说。

她问晚安：“还要喝酒吗？”

“要。”

“行，我陪你一起喝。”说完，就在晚安旁边坐下，让老板给了她一个酒杯，陪着晚安一块儿喝起来。

两人不慌不忙一直喝到黄昏，陈醉终于将晚安给哄好了，晚安醉得像摊泥一样，中途还去洗手间里吐了好几次。

老板送了她们一名员工当苦力，开车送她们回去。

陈醉安顿好晚安，立马就去了顾寒山家。她太了解晚安，因为懒得记路，出门一直都得开导航，于是她轻易就在行车记录里，找到一个陌生地址。

她打车到顾寒山楼下，刚准备上楼，电梯门就打开，一个令她意外的人从里面走出来。

“你怎么会在这儿？”

“你来这儿干什么？”

两人皆是一惊，随即各怀心思地打量起对方。

池羽见她一身酒气，脸色有些不悦：“你去喝酒了？”

陈醉以为对方是嫌她举止不端，还纠缠不清跟到这儿，气呼呼地推开池羽：“你管我，我又不是来找你的。”

池羽敏锐地察觉到什么，下意识地拉住陈醉，随便编了个借口：“我有事找你。”

“那你等着！”陈醉喝了不少酒，这会儿又正在气头上，一心只想着帮晚安出头，连池羽的面子都不想给。

池羽哪会让她那么轻易甩开，拖着她就往外走：“我不喜欢等人。”

陈醉算是看出了，池羽分明就是故意拦着不让她去找顾寒山，她挣脱不得，权衡过后，直接一脚踩在对方脚上，在池羽来不及反应的刹那，扬起手上的包朝他砸去。

“爱等不等，我今天没空管你，你也别给我添乱！”

包上的金属划过池羽的额头，一瞬间，划出一道伤口，血珠渗出。

他没管，手上力道一转，直接将陈醉抵到墙上。

昏暗的楼道里，对方高大的身躯挡在陈醉面前，她的个子虽然在女生中已算高挑，可面对一米八几的池羽，还是矮了一大截，气场也不自觉弱了下去。

“陈醉！你什么都不知道，就别来瞎管。”

认识池羽那么久，陈醉还是第一次见他这么生气，被吓得一抖，嘴上却依旧倔强：“反正，你别管。”

“我不管你，谁管。”

池羽额角上的血流到眉毛处，加上此刻严肃极了的样貌，让人不禁发怵。

路上，陈醉冷静了几分，余光扫了扫池羽额头的伤口，斟酌了好一番，才怯怯地开口：“你的额头，不去处理一下吗？”

池羽没说话，扯过一旁的纸巾胡乱擦了一通。这下陈醉更慌了，虽然池羽对她的态度向来一般，但还算客气，从未像现在这样过。

池羽将车开到医院，他不说话，陈醉就只能在后面跟着。

到他办公室门口时，陈醉下意识地停下脚步，犹豫间，池羽不耐烦的声音从里面传来：“进来，别站门口碍事。”

医院谁不知道两人的情况，这会儿见状，纷纷投来好奇的目光。

池羽已经翻出碘酊和纱布，回头见陈醉还站在门口，脸更黑了：“过来上药。”

“哈？”陈醉不解，这可是医院，先不说他自己就是医生，外面随便叫个护士，也比她专业吧。

“你弄伤的，还想谁替你来？”

“哦。”

陈醉连忙跑过去，从池羽手中接过药，拿出十二分的认真，小心翼翼地处理伤口。

看着池羽额头的伤口，陈醉忽然心疼了，若是平时，她哪舍得动这张脸半分。

两人头一次靠这么近，闻着池羽身上淡淡的消毒水味，陈醉的心跳不自觉乱了节奏，甚至没注意到，池羽因为她的靠近变得十分僵硬的身体，以及微微泛红的耳根。

处理完，陈醉担忧地多看了两眼：“不会留疤吧？”

“怎么，留疤你要负责吗？”

“你不会还想找我要赔偿吧？”

“不应该吗？”

“应该应该。”陈醉讨好地笑着，连连答应，可转念一想，又觉得吃亏，忍不住小声嘀咕，“可明明是你非要拦着我去找顾寒山才变成这样的。”

“你说什么？”

陈醉忙摇头。过了好久，她竟听到池羽神情无奈地同她解释：“他俩的事，不是你我管得了的。”

“可他惹晚安难过，我忍不了。”

“听话，让他们自己去处理，好吗？”池羽柔声劝她，还带着几分哄小孩的耐心。

陈醉虽不服气，可也清楚池羽说的没错。感情的事，外人终究还是外人。她想到晚安还一个人在家，遂问道：“我得回去了，有空送我去晚安那儿吗？”

池羽本来也没事，自然不会拒绝。

02

陈醉美甲店还有事，第二天一早见晚安还没醒，准备先去趟店里再过来。

可她哪知道晚安熬夜、宿醉，加上她走后，还自己跑去洗了个冷水澡，这会儿正在发高烧。

晚安意识迷迷糊糊的，醉酒本来头就疼，加上还烧得厉害，她试图从床上起来，失败后，干脆躺床上不再动了。

头炸炸地疼着，她处在反复的清醒与昏迷中，浑浑噩噩地做着断断续续、看似毫无联系且漫长的梦。

梦里一会儿有顾寒山，一会儿又没有，无数画面像电影放映一样，在她脑海里播放。

有的过于荒诞，有的又过于真切，包括那场意外。

她印象里，只记得当时漫天大火，她害怕极了，想去找父母，可他们还在实验室，年幼不懂事，也无法预计危险的她，在还没有别人来之前，直接冲进实验楼去找人。

她一边跑，一边哭喊着，没有一个人回应她。她拼命往里冲，想告诉他们，她好害怕，想回到他们身边，可除了越来越大的火势，她没有得到任何回应。

不过短短几分钟，火势迅速蔓延，带着刺鼻的浓烟，她早被吓得不知所措，最终因浓烟而昏倒。模糊间，她好像看到一个人影，烟太刺眼，意识又模糊，她什么都看不清，只知道对方救了她。

这是她记忆里淡忘的事情，当时她在火灾里晕了过去，再醒来就已经是在医院了。所有人都说是消防员救了她，她也就理所当然地以为，那个人就是消防员。

可消防员真的来得这么快吗？快到在她置身于大火之内，还能全身而退，除了吸入烟尘，竟没受半点伤。还是说，她以前知道的，本来就是错的，如果真有这么一个人冒着大火救了她，又会是谁？

秦泽？沈知？研究院的任何人？还是……

晚安脑海里闪过一道电流——

顾寒山！

没错，在消防员到达前进入实验楼的人，只有顾寒山。他进去的时间不短，在实验室里找到样本，再顺便救她出来并不是什么难事。

这一刻，被遗忘已久的模糊影子，逐渐变得清晰，那个寻着声响找了很久，将她从火场里抱出来的人，可不就是顾寒山，连那一身伤都是因为找她才弄出来的。

她迷迷糊糊地拿起手机，在犹豫要不要打给顾寒山时，动作支配了意识。

那头接得很快，不过“嘟”了一声，顾寒山低沉的声音就传来：“什么事？”

不知道是因为头疼，还是真的太委屈，一听见他的声音，晚安的泪瞬间憋不住，哭着控诉道：“顾寒山，你个王八蛋！”

因为高烧感冒，嗓子哑得不行，她的声音沙哑又无力，实在没有半点气势。

对方只是淡淡地应了一声，坦然承认他就是王八蛋，惹得晚安更加生气：“骗我好玩吗？看我被你耍得团团转，是不是很得意，说什么从来不骗人，你到底有跟我说过一句真话吗？”

晚安气得连脏话都骂了出来，顾寒山也只有一句轻飘飘的“抱歉”。

“别跟我说抱歉，我不接受。”晚安气冲冲地吼道，“顾寒山，你是不是觉得所有人都像你一样，活了几百年，厌倦了人情世故，心都硬得像块铁，不会产生感情，不会疼痛难受，也不会绝望崩溃了。你凭什么那样对我，我看着很好欺负是吗？还是觉得我只是你达成目的的一个工具，所以可以随意对待？”

“不是那样的。”顾寒山终于没办法再继续淡漠下去，“晚安，不是那样的，我一开始确实只当你是那个能够帮助我的人，但我从来、我从来就……”

从来没有只将她当作工具，怎么会只是将她当成工具呢，怎么舍得随意对待她呢？

然而，他说到最后，却还是没有将这些话说出来。

晚安反问：“从来就怎样？”

顾寒山答不上来。

对方似乎也并不想再听他的解释，委屈地骂了一句“王八蛋”，就直接挂掉电话。她本想直接去和顾寒山对峙，可一坐起来，头就感到一阵眩晕，跌回床上，没一会儿昏昏沉沉地又睡了过去。

电话一挂断，顾寒山就本能地想去找晚安，可刚走到门口，他又失落地转身往回走，最后给池羽打了通电话。

“晚安好像病了，你让陈醉过去看看。”

“你怎么会知道？”

“不忙的话，你也过去看看。”

“你这么担心她，为什么不自己去？”

“少啰嗦，快点！”说完，顾寒山就直接挂了电话。

池羽盯着挂断的电话，神情无奈，却也不敢耽搁，立马联系了陈醉，就朝那边赶去。

两人几乎同时到达晚安家，陈醉用钥匙打开门，直奔晚安的房间。

晚安缩在被子里，脸颊通红。陈醉过去碰了碰她的额头，忙缩回手，着急地唤："晚安，醒醒，你发烧了，我们去医院看看。"

对方闷闷地哼了一声，动都没动一下。

陈醉没办法，只能找了件外套给她披上，然后让池羽进来帮忙。

池羽进去一看，二话没说，背起晚安就往医院赶。

路上，陈醉问池羽："你是怎么知道晚安生病的？"

"听人说的。"

陈醉是何许人，立马猜出其中渊源，不满道："呵！既然有这心，怎么不自己来，这算什么意思，好像特关心似的，其实连这点身段都不愿放下。"

池羽抿唇不搭话，顾寒山的心思他是知道的，只是有些事，他做不了主。思考间，他加重了脚下的油门，这丫头要真出什么事，车上这位和电话里那位，都是他得罪不起的。

到医院一检查，晚安烧到近四十度，池羽安排了相关医生过来，短短二十多分钟，一切就处理完毕。

离开病房，池羽给顾寒山打了个电话，告诉对方事情解决了。

那边什么都没多问，应了声，就挂断了电话。

药水本来就有一些镇定效果，晚安睡了一觉，醒来，是下午六点。病房里，陈醉在低头玩手机，见她醒来，立马放下手机："好点了吗？别说话，先喝水。"说着，给晚安倒了杯温水。

高烧过后，脱水严重，晚安喉咙干得很，喝了整整一杯水，才稍微缓和一些，艰难地开口：“我要出去一趟。”

“现在？”

她才刚醒，虽然烧退了些，但也不是能出门的样子。

“我有事要找顾寒山。”晚安也不隐瞒。

陈醉瞬间拉下脸：“找他干什么，你都被他害成这样了，怎么还想着他，世间男人千千万，就非得巴着他不可？”

“有些话，我必须找他说清楚。”

“非得现在说？”

晚安根本不听劝，掀开被子直接下床，可烧了这么久，人都是软的，刚下床，脚使不上力，直接跪到了地上。

陈醉忙将她扶起来，恨铁不成钢道：“你看看，都这样了，他也没来看你，你还急着去找他干什么？”

“不一样，我必须去见他。”

陈醉知道就算现在看住她，她早晚也还是会去找顾寒山，只好和她商量道：“那也要等好点再去。”

晚安说是答应，可事实上，吃过晚餐之后，趁着陈醉去找医生的空隙，她立马溜出了病房。

“你怎么来这儿了？”

顾寒山对晚安的到来十分惊讶，皱着眉望着脸上没有半点血色的晚安，眼里闪过一丝心疼，但很快被他掩盖过去。他笔直地站在门口，高大的身躯挡住大门一动不动，并不打算请对方进屋。

两人僵持了一会儿，就听见晚安用沙哑的声音质问道：“顾寒山，你敢说你当时去实验室就只拿了样本吗？”

“差不多。”

“你没救我？没将我从火场里抱出来？”

“顺手罢了。”

“你胡说，以你的能力，完全可以全身而退，结果为了在里面找我，弄得自己一身伤。你如果真是见死不救的人，何必做这种得不偿失的事。”

顾寒山提醒她：“不要被我的一时心软给感动了。”

晚安抬手，“啪”的一声，一巴掌就落在顾寒山脸上，连她自己也吓了一跳。顾寒山却完全不在意，只是淡淡地表示：“如果这能好受点的话……”

“王八蛋。”晚安倔强地憋着眼泪，质问对方，“你有没有想过，如果我真的在那种情况下杀了你，以后得知真相的我，又怎会心安理得地活下去？”

将她蒙在鼓里，在他制造的虚假中伤害他，一想到这儿，她就觉得心脏揪得喘不过气来。

顾寒山有所动容，嘴上却仍在坚持：“你父母是因为我的事才出的意外，何况事发当时，我如果选择先报警，或者不管样本先带他们出来，也许他们也不会离开。”

“那根本不是你的问题！”

“我一开始不找他们，怎么会有后来的事？”

“所以你就可以故意寄那种视频给段瑞城，故意让我误以为是你杀害了他们？”

晚安怒吼着，顾寒山却只是沉默不答。

她看着顾寒山的眼睛，半晌，冷笑一声，表情苦涩：“顾寒山，你到底还是不在乎我。如果我但凡能让你动容半分，你也不可能让我在那种情况下动手杀你，你但凡在意我一点点，就不会冠冕堂皇地拿着以命赎罪的话，再一次把我推到冰窟中。”

顾寒山梗着脖子，别开脸说道：“我本来也不是什么好人。”

晚安就那么看着他，目光如炬。过了很久，她道：“顾寒山，你就这么想要我杀你吗？”

话一说完，晚安就后悔了。

“当——”

不等顾寒山回答，晚安踮起脚，扯着他的领带，双唇印在了他打算解释的嘴上。

唇上柔软的触觉，没引起顾寒山的反感，反而叫他无措，他很清楚此刻应该推开对方，至少不能任由事情继续，身体却僵住般，完全不听使唤。

实际上，晚安也很紧张，紧张到身体都在发抖，拽着顾寒山衣领的手十分用力，眼泪顺着脸颊往下淌。

很快，顾寒山竟在嘴里尝到了咸味，心尖不由得一颤，他又把她惹哭了啊。

认识这么久，他只见晚安哭过两次，两次都是因为他。那搭在晚安肩上的手，本是要推开她的，最后换了力道，将她拉进了怀里。

如果可以，他真的很想珍惜怀里的女孩，希望她永远明媚、无忧，亦无惧。

可偏偏又是他，将她一次次推入谷底。

最后，顾寒山还是狠下心来松开晚安，往后退了一步，拉开两人的距离。

晚安羞红着脸，抬眼就看到顾寒山脸上带着似是在看小孩胡闹般的责备，以及他下意识的疏远。她气得骂了句“王八蛋”，就转身离开，结果因为刚退烧，又情绪波动，腿不争气地发软，眼见着就要摔倒在地。

说时迟，那时快，顾寒山两步过去将她扶住。她还在气头上，哪肯领情，挣扎着试图推开他：“我不用你管。”

“我送你。”

“不需要。”

顾寒山不再多言，直接将她打横抱起，转身带上门，送她去医院。

陈醉知道晚安离开医院，担心她受欺负，正准备紧随其后为她撑腰，结果被池羽拦住。池羽说：“顾寒山会带她来的。”于是她不得不坐在办公室等着。

果不其然，没过多久，顾寒山就将晚安带了回来。

“看好她，别让她再到处乱跑。”这话是冲着屋里的两位说的。

“顾寒山，我又不是犯人。”晚安没好气地反驳。

顾寒山没理她，继续问屋内的两人：“你们应该有时间吧？”

气氛变得有些尴尬，池羽瞅着这形势，果断决定不去掺和：“我一会儿还有手术。”在顾寒山转头看向陈醉之际，池羽又忙替对方拒绝，“她……她美甲店也还有事。”

“我美甲店哪里——”陈醉疑惑，却被池羽打断：“你刚刚不是还说店里有批货送过来，你得过去点一下数吗？”

陈醉看着池羽脸上实在太刻意的笑容，好像明白了是怎么回事，虽然不情愿，却还是配合池羽回答道：“没错，我美甲店还有事。”

话一说完，池羽就拉着她往外走：“我送你。”

一走出办公室，陈醉就甩开池羽：“你干吗拦着我？”

池羽白了她一眼：“我们不走，怎么让顾寒山照顾晚安？”

“谁说晚安要顾寒山照顾了？”

“不然呢？”池羽不耐烦地推了推眼前的人，“你店里不是还有事嘛，赶紧过去吧。”

陈醉恶狠狠地瞪了一眼池羽，穿着高跟鞋的脚直接朝池羽的脚踩去，踩完，趾高气扬地转身，没走几步，又回头问：“不是说要送我吗，还不赶紧的？”

池羽疼得脸都白了，下意识地骂了句脏话，恶狠狠地盯着陈醉，却又不得不过去开车。

另一边，顾寒山将晚安带到病房，强制让对方躺回床上。

“我不用你管。”晚安再次拒绝对方，倒是听话地躺在床上，只是显然不想理顾寒山，扯过被子直接蒙在头上。

念及晚安的病还没痊愈，顾寒山只能在一旁陪着。池羽那点心思他怎么可能看不出来，那两个人，一时半会儿是不可能回来的。

没一会儿，晚安真睡着了，本来就生着病，又跑去找顾寒山，来回折腾，她真累了。

听着晚安平缓的呼吸声，顾寒山的心却越发乱了起来，晚安对她的心思，他又怎么可能察觉不到，正是因为察觉到了，才会在池羽说了那番话之后，急着想要板正两人的关系。

池羽早前就问过，他对那丫头那么好，不会是动心了吧，他曾严肃地表示不是。

原以为，晚安会是他等待了几百年，那个唯一能救赎自己的人，于是会关心她、保护她，甚至将那当成对她的报答。

几百年来，他也一再告诫自已，不能与人类产生过多感情，却在面对晚安时，一而再，再而三因她变得心烦意乱。

看着她难过，他何尝不是心如刀绞。

将监控视频寄给段瑞城时，池羽曾郑重告诫他，希望他不会后悔，他当时没有回答。

他这漫长的一生，造就杀戮无数，又被禁锢于世间，受着剔骨剜心之痛，原以为找到了解药，也一再按着计划实行，然而最后，他后悔了，看着晚安因为他难过痛哭，他宁愿自己一开始就没有找上晚安。宁愿痛死、疼疯、失去理智，变成连自己都厌恶的怪物，也不该将那个无辜的小女孩牵扯进来。

他在病房坐了一个晚上，清早，池羽过来，什么话都没说，只是拍了拍他的肩膀。作为顾寒山为数不多的朋友，他太清楚顾寒山对那等待几百年的机会有多迫切和渴望，不确定晚安是否能够轻易将其撼动，也不清楚怎么样做才算正确。

晚安醒来时，哪里还有顾寒山的影子，桌上放着一张便笺。

——我还有事先走了，你好好养病。

认识顾寒山这么久，他到底忙不忙，晚安怎么会不清楚，可最终她还是什么都没有做。

为了确保感冒早点痊愈，晚安被池羽强行留在医院多住了一天，出院后，她跟研究所请了一天假，休息了一天后，迅速回到工作岗位。

这过程中，顾寒山就像是消失了一样，再也没有出现过。

晚安静下心想了很久，最后去找了一趟池羽。

“池医生，你了解顾寒山吗？”她开门见山地问。

“你指哪方面？”

晚安敛眸斟酌一下用词：“他是不是很想要我帮他？”

池羽端着一杯茶，在她面前坐定："为什么不亲自去问他？"

"他在躲着我。"

池羽轻挑了下眉，缓缓答道："也许吧，毕竟他几百年来，都在为了那件事准备着，他从来不拖拉，每件事都处理得很干净，好像不管哪一天离开，都没有什么放心不下的。"

是因为这样，所以就算明知她的心意，也仍旧无动于衷吗？

"我知道了。"她沉默了片刻后，露出一个苦涩的笑容，"谢谢你，池医生。"

"客气了。"在她离开前，池羽补充了一句，"或许，他现在已经不是这么想了。"

晚安回头看了一眼低头饮茶的池羽，眼里眸光一闪，最终又黯淡下去。

不会的，她不会天真地以为自己能够轻易撼动他几百年来的渴求，也不会天真地以为能够替代他心里存放了几百年的故人。

最终，她找到顾寒山。

她说："我答应你，我会亲手杀了你，但我希望你也能履行当初对我的承诺，替我找到当年的真相。"

既然前路不通，那就让一切都退回到最初的样子。

顾寒山脸上的表情看不出喜忧，只是沉默了好久，才听见他沉着声音答道："好。"

那一刻，晚安的心却像是跌落在谷底，沉重又苦闷。

第九章

/ 真相 /

01

后来，陈醉曾旁敲侧击地问过她和顾寒山现在是什么情况，她答不上来。

她明明是爱顾寒山的，却又要亲手杀了他，这种事实，她不知道要怎么告诉陈醉。而那个曾经无比渴望弄清楚的真相，现在竟觉得慢点儿找到也好，找不到也行，至少，她就有了不用亲手去杀顾寒山的理由。

可事情，往往不会如人所愿的。

就在她同顾寒山说了那番话后不久，她去外地参加了一个学术会议，刚回来，顾寒山就亲自来到研究所。

他已经对研究所熟门熟路，直接将汇报完交流成果后的她，拦在了大会议室门口。

“你的小跟班呢？”

“回学校了。”

最近一段时间，卢远帆都在忙着修改论文，应对答辩，同时还忙着保研的事情，已经很久没来研究所了。

晚安尽量表现得自然，刻意忽视掉两人的约定。显然，顾寒山也是，否则依他的性子，怎么可能会关心卢远帆的行程。

“什么时候忙完，一会儿吃个饭？”

晚安大概猜到了他的来意，正好下午也没什么事，就直接说：“等我去办公室收拾一下。”

顾寒山带着她去了一家新开的饭庄，饭庄打的是地道浙菜的名号，装修得也很古典淡雅。

入座，顾寒山将菜单递给晚安一份：“听池羽说这家浙菜挺地道的，看看有什么想吃的。”

晚安接过菜单，直接挑开问道：“你查到了什么？”

“能和我说说沈知吗？”他在菜单上点了两样招牌菜，就收好菜单还给服务员。

晚安翻看菜单的动作明显一顿，下意识地看了眼顾寒山，没有立刻回答，倒是搭配着顾寒山点的菜，又加了两道小菜，差不多正好够两人吃。

“你问教授干什么？”

“随口问问。”顾寒山解释，“你不想说的话，就算了。”

晚安有些奇怪顾寒山怎么会突然问起沈知来，她没记错的话，沈知还曾经将他作为相亲对象介绍给她，却还是如实相告。

“他曾经是我父母的老师，我父母毕业后，也是他推荐进的研究所，三人在研究所共事多年，我父母的离开当时对他打击挺大，为此还生了一场大病。后来他收养我，将我视为亲生子女一般，我刚进研究所那几年，都是他在带我。”

“也就是说，他完全具备你父母那项研究所需的专业知识？”

晚安点头：“当然，教授年轻的时候，也是科研界难得的天才。”敏感的她很快察觉到了什么，脸色不由得沉了下去，“你不会是在怀疑教授吧？”

“没错。”顾寒山也不打算隐瞒，正色道，“当年的研究，虽然是我和你父母的私下约定，项目没有对外公开，但走的也是正规程序，我找人调查过，项目审批表里面还有沈知的名字。也就是说，他很清楚研究内容，一直刻意隐瞒，与其说是不想旧事重提，不如说是在隐藏自己。”

晚安不搭话，微皱起眉，等着顾寒山继续往下说。

“你刚开始调查，就被跟踪袭击，而后秦泽又突然自杀，这一切很像是有人在背后使力，那个人不仅清楚地知道当年发生的所有事情，同时手里还有能够威胁秦泽的把柄，你觉得这里面有谁做得到？”

“可教授怎么会……”

“先不提那项研究一旦成功，会引起多大的反响。我提供的样本，如果研究得当，找出其中影响基因突变的因素，可是能够变得像我一样啊，你说长生不老，谁不想要呢？”

晚安摇头，她和沈知相处了十几年，清楚沈知的为人，她不相信沈知会为了那样的天方夜谭，做出伤天害理的事。

她说：“不，不会的，教授一直以来都很爱惜我的父母，每年我父母的忌日他比我记得还清楚，甚至连我父母的喜好，他都一一记得。如果他是想要长生不老，不可能在得知了那种可能之后，什么都没做。”

“你怎么知道他什么都没做？”

“这些年他管理着研究所，很少参与研究，何况进行和我父母一样的研究，总得需要单独的实验室吧，据我所知，我们研究所根本没有那样的地方。”

说到这儿，晚安突然停了下来，似乎想起什么，恍然意识到，研究所或许真有这样的地方。

从秦泽那儿回来后不久，她曾在下班后无意间看见沈知往旧实验楼走。

当时她正好要去趟资料室，原以为沈知也要去，于是踏着他的后脚跟过去，结果她却发现沈知并没有上楼，而是一直朝一楼的尽头走去。

以为沈知还有别的事，她也就没多想，等她查完资料，再下楼，才察觉出不对劲。旧实验楼一楼最里面的那间房，本来是间办公室，后来盖了新楼，就用来堆放杂物了，平时连清洁阿姨都不过去，教授这个点去干什么。

这样想着，她已经走到了门口，朝屋子里张望了一下，轻唤了一声沈知，没有得到回应，却意外地在这里发现了一个门，门锁是指纹锁，她试了下，没打开，只得带着满腹疑惑离开。

她倒是想过去问沈知的，但后来被顾寒山的事一折腾，就给忘了，这会儿对方提起来，她才恍然意识到，没听说研究所在旧实验楼新修了实验室，也没听说那边有什么新项目在研究啊。

“你是不是想到什么了？”

晚安下意识地摇头，紧接着又点头：“有个地方，我可能需要去看看。”说完，她赶忙补充了一句，“我不是怀疑沈教授，只是有些疑惑需要解除。”

顾寒山能够理解，毕竟对她来说，沈知如师如父，陪伴了她十几年，他知晓她重情，虽然她很少在人前提及沈知，但每次提及，都充满着敬畏和欢喜。

“什么地方？在哪儿？安全吗？”

晚安犹豫了一会儿，还是决定如实相告：“我前段时间在旧楼那边发现了一间秘密实验室，我试过，进不去，原以为是所里给什么新项目准备的，就没多管，现在看来……我得再去看看。”

“我跟你一块儿去。”顾寒山不假思索地提议。

晚安没有拒绝，她知道，顾寒山能来找她，是尊重她的想法，他如果真的想查沈知，办法多得很，没必要还来同她说这些。

想要去那间实验室一探究竟，首先得找到打开那扇门的钥匙，也就是沈知的指纹。

沈知的指纹并不难弄，只是为了确保万无一失，不被怀疑，晚安还是提前做了很多功课，详细调查了沈知最近的行程，故意趁着他外出的时候，假意交材料去了他的办公室。

因为她和沈知的那层关系，她进沈知的办公室向来畅通无阻，她用沈知藏在办公室的备用钥匙打开了文件柜，从里面找到两份不显眼的文件，直接拿走，担心不能用，她又自己在办公室找了几个比较清晰的指纹。

晚安刚拿了东西出来，就碰见项目组长，她吓了一跳：“组长，教授今天很忙吗？我看他不在办公室。”

“你找所长有急事？”

“也不算，就是有份材料需要他签字。”

“所长好像在实验室做指导，一时半会儿估计过不来。”

“那我一会儿再来好了。”

她表现得十分镇定，离开后，立马给段瑞城打了通电话：“有时间吗？我有点事可能要麻烦你。”

段瑞城没多问，直接赶了过来，晚安早就已经等在门口。段瑞城一来，她就直接打开副驾驶坐进去，将手里的资料交给段瑞城："能帮我把这里面的指纹都拓出来吗？"

"你要用来干什么？"段瑞城疑惑。

"开门。"晚安也不隐瞒。

监控的事，段瑞城那边查了一阵，但因为年岁久远，加上也不能当成直接证据来重新审理案件，最后只能作罢。

出于担心，段瑞城忍不住追问道："你是打算调查谁？"

晚安神情为难："抱歉，现在情况还有些复杂，我还不能告诉你太多。"

"没问题吧？"

晚安点头："放心，不会有事。"

他本来还想说什么，但晚安已经借口有事要忙，同他道别，他只得笑着说："事成记得请我吃饭。"

段瑞城很快将提取到的指纹材料交给晚安，晚安在拿到后立即联系了顾寒山，结果对方居然和池家一行人在外面钓鱼，一时半会儿回不来。

晚安直接告诉顾寒山，晚上想去看看，对方让她等他回来后再说，晚安没拒绝。

她故意一头扎进实验室，估摸着时间，等人走得差不多，才从里面出来。见顾寒山还没来，她又在办公室看了一会儿资料，等了半天也不见顾寒山来，眼见着时间不早，决定先过去看看再说。

沈知今天下午在藤大那边有个公开课，估计晚上会和卢院长吃顿饭，两人就一道回家了。

这么一想，晚安稍稍舒心，朝旧实验楼那边走去。

她怎么也没想到，有朝一日会像个间谍一样，这么小心翼翼地去旧实验楼。

段瑞城的技术果然不错，按照他说的方法，晚安轻松地打开了那扇门，门一开，映入眼前的是一间相当完备的实验室，所需机器基本上都有，有些虽然已经老旧，但完全能够用作研究。

这些东西，到底什么时候存在的?

晚安一边疑惑，一边扫视着整间实验室，除了外面的办公室，还有一间无菌室，里面放着不少样本。

她过去将电脑打开，和沈知生活了那么久，她很清楚沈知设密码的习惯，不过几次，她就将密码试了出来。

但是就算这样，她也没能在电脑里找到什么有用信息，除了几个不重要的文件，其他的都分别放在了加密文件夹里，不过能够从文件夹的名称看出来，沈知正在做一些基因研究，而这个研究很有可能就是她父母当年的那项。

晚安的胸口像被谁猛烈地撞了一下，闷闷地发疼。

在电脑里找不到有用信息，她只好去看看实验样本，好在他这边还有一套完整的样本记录，她仔细地翻看着，心一点点往下沉，那个曾经无数次在她面前否认对项目毫不知情的人，实际上不仅知情，甚至在这十几年里做了无数次的努力，就是为了找到那个影响细胞分裂的基因，进行修改，达到有序无限分裂。

然而上面的资料显示，他无数次的实验都以失败而告终。

她透过窗户看了看无菌室，里面整齐地摆放着很多样本，她模模糊糊看到上面的样本编号，充分说明，沈知一直都在实施研究。

在看见这些之前，她还抱有一丝侥幸，想着，或许是顾寒山那边的信息有误，或许是她想多了，甚至在面对这一屋子东西时，她还想着，也许沈教授是在做别的方面的研究，又或者是为了怀念她父母，建造的这间实验室，连实验项目都保留了……她找了很多理由，到最后，却发现根本没有办法说服自己。

她失魂落魄地从实验室出来，心里乱成一团。

怎么可能，怎么可以，怎么可以是沈教授。

如果是顾寒山，她至少还可以逃离，还可以恨他，甚至可以去杀了他。

但沈知不行，那个在葬礼上轻轻牵起她的手，告诉她，以后他们就是一家人的人，这么多年，一直对她呵护有加，将她护在自己的羽翼之下，让她自在翱翔的人，怎么会是凶手呢?

这么多年，她早就已经将他视为家人，无条件信赖他，敬爱他。

最后却发现，一切可能只是一个谎言，一个犯罪者用来掩饰自己凶残的谎言。

晚安不知道，沈知并没有同卢院长一块儿回家，而是找了个借口折回了研究所。一进门，他就直接朝旧实验楼走去。

此时的晚安还在想着那些事情，对于沈知的靠近浑然不觉，眼见着两人的距离越来越近，沈知马上就要到达走廊转角，只要越过转角，两人就会迎面撞上，连躲藏的地方都没有。

忽然，一旁常年关闭的实验室的门意外地打开，里面伸出一只手，将晚安拉进去。她还来不及出声，嘴就被人捂住，耳畔传来一声低语："别怕，是我。"

那低沉的嗓音，轻轻划过晚安的耳朵，鼻尖传来对方身上好闻的气息，是洗衣液的味道，混合着淡淡药香，让人感觉干净又安心。

晚安的手下一秒伸向顾寒山，搂住他的腰，将脸埋在他的胸间。

顾寒山先是一愣，随后伸手轻轻将她环住，一只手安慰般地摸着她的头，一只手不动声色地按掉了她手里的手电筒。

耳边的脚步声越来越近，顾寒山带着晚安一个闪身，藏到了一旁的角落。而沈知，似乎听到什么，脚步下意识地停下来，朝四周张望了几眼，见没什么，才转身离开。

晚安紧张得大气都不敢喘一下，被顾寒山的气息包围，耳边是他强有力的心跳，脸颊不自觉升温。直到头顶传来顾寒山的轻咳声，她才红着脸从顾寒山怀里离开："你……你是什么时候来的？"

“刚来不久，在你办公室看到你桌上的便笺，就直接来了这儿。”顾寒山解释着，看了一眼沈知去的方向，问她，“有什么发现吗？”

晚安表情一僵，一时间不知道该怎么解释她在实验室的所见，只能说：“一会儿再说吧。”

两人赶忙离开研究所，回去的路上，晚安突然开口对顾寒山说：“我想抽空去一次教授家。”

“不行。”顾寒山直接拒绝，“你今天说不定已经惊动了他，这个时候再去他家，太危险了。”

“不，我必须去一趟。”

实验室里的那些研究资料几乎都加了密，她太了解沈知，如果当年那一切真和他有关的话，那他手里一定还有别的东西，何况，他还去过秦泽那儿，虽然不知道他从秦泽那里拿走了什么，但她想，沈知一定将这些都藏在了家里。

“那我和你一块儿去。”

“不行。”晚安否决，“你去的话，太突兀了。”

如果是别的地方，晚安倒不介意同顾寒山一起，只是沈知家，如果两人一块儿过去，肯定会让人有所怀疑。

顾寒山告诉她：“我跟着池弋一块儿去。”

晚安这下更不同意了：“怎么能把池老也拉进来。”

“那就让我看着你一个人涉险？”顾寒山几乎脱口而出，他转动方向盘，将车停在路边，转头，目光坚定地看着晚安，“晚安，我不希望你遇到任何危险，哪怕只是可能。”

他已经看过这个人在他面前消失，做不到再看一次。

晚安一时竟不知该如何作答，他的表情真诚，目光关切，只是这样的关心，却让她鼻尖一酸。

明明，他也是在乎她的，可为什么又要对她的爱视而不见，还是他只是在担心，她如果在杀掉他之前有个三长两短，他就没办法完成心愿了。

见晚安长时间不说话，顾寒山再次开口：“晚安，答应我，一定好好活着。”

晚安表情木讷，抿了抿唇，最终点头。

02

两人一合计，决定到时候晚安先过去，假意探望，而池老随后带着顾寒山登门拜访。

在这之前，晚安在翻看从秦泽家带回来的那些照片时，猛地想起什么，打电话告诉顾寒山：“我们可能还要去一次秦叔叔家。”

这一次，她联系了段瑞城，问他能不能挪出时间，陪她去个地方。段瑞城什么都没问，直接说有时间。

三人本来就不是喜欢闲聊的人，一路上，几乎没人主动开口，以至于车内的气压一度很低。段瑞城本来就看不惯顾寒山，自然也没给他什么好脸色，好在顾寒山不介意。

几人轮流开车，路上几乎没耽误。进山后，段瑞城看两人完全熟门熟路，忍不住问道："你俩以前来过？"

晚安答道："嗯，来过两次。"

段瑞城不由得打量了一眼顾寒山，不知道为什么，这趟出来，他总觉得顾寒山和晚安之间，好像发生过什么事情。

见两人径直朝某处人家走去，跟在后头的段瑞城总归有些疑惑："这是哪儿？我们来这儿做什么？"

"这是秦泽离开藤川后的住所。"

"你们早就找到秦泽了？"

他还是在收到那份监控视频的时候，才查到秦泽可能在尚阳市，得知对方已经去世，也就没再追查。

"还是晚了一步。"晚安眼里闪过一丝失落，"从你那里得知事故时实验室还有别人进去过后，我们马不停蹄地赶过来，却得知秦叔叔已经离开的消息。"

她打开门，转身同顾寒山说："仔细想想，如果真的和沈教授有关，秦叔叔不可能什么线索都不给我们。"

上次，因为葬礼，之后又有工作不得不赶着回去，几乎来不及多作思考。

房间的陈设，几乎没有什么变化，非要说的话，恐怕只有书房的书桌上被拿走的照片，以及书架上被打乱了的书。

顾寒山凝眉打量着这间屋子，记起一件特别重要的事：“村民说是在书房发现了秦泽的尸体，姿势是这样？”他按照村民的描述，找到那个位置，按照秦泽倒下的姿势摆好。

这时候，段瑞城进来插了句嘴：“他是自杀？”

“嗯，服用大量安眠药自杀的。”

段瑞城站在一旁，观察着顾寒山，最后疑问道：“他有没有跟你们提过书架之类的，或者跟你们聊过什么书籍？”

晚安恍然大悟：“你说书架会不会本来就是秦叔叔打乱的？”

“你是说……”顾寒山也想起什么。

晚安已经走到书架旁，当初送秦泽离开的时候，按照当地的传统，烧了好多他生前的东西，寓意他在那边也能不愁吃穿，虽是迷信，又何尝不是一份生者的期盼。不仅如此，她还拿了一些书给学校建了一个读书角，现在书架上只留了一些专业书。

她盯着剩下的那些书，目光最后落在最上面的一格书上，她问顾寒山：“这格书，你整理过？”

对方摇头。

这一格的排列方式有些不一样，看起来杂乱无章，但实际上是按照出版年份来摆放的，和她父亲的习惯一模一样。

她记得秦泽曾经说过，这一层的专业书，她如果有需要的话，可以直接拿，其中包括很多绝版书，现在市场上已经很难找到了。

他们凑过来，将那一格的书都拿出来，果然在里面发现了一个暗格，打开来，里面藏着一支录音笔和一份学术报告。

晚安拿着这两个东西，发现双手竟然在颤抖，还是顾寒山提醒她：“先打开看看吧。”

晚安率先打开学术报告，应该是秦泽研究生时期的论文，晚安曾经在查资料的时候看到过，但是里面谈及的很多论点与现在相比，已经过时，晚安也就没仔细研究过。但是这一份与发表的那篇，又存在着一些细微的差别，这个相较于之前的那份，更加完善，然而最后的署名却并不是秦泽，而是一个完全陌生的名字。

抄袭？学术造假？这恐怕就是秦泽会被威胁的原因。学术报告里，还夹着一封忏悔信。信里，他除了忏悔，还表示希望有一天能够摆脱学术造假的阴影。

而录音笔里，是一次会议上的录音，打开来，能够大致猜到当天发生的事情。

“沈老师，你怎么突然想参与我们这个项目了？”

“我看过你们的研究方向后，对你们的研究很感兴趣。”

“可是这项研究，目前还处在研发初期，毕竟研究和基因有一定的关系，本身就具有很大的不可控性，很难把握研究结果，短时间内估计是拿不出什么成绩的，何况您不是还有别的研究正在关键阶段吗？这么突然中止研究，来我们这边，那边恐怕会全部荒废啊。”

“我看你们是不想我加入吧？”

“不是这样的，您能来帮我们，我们又怎么会拒绝，只是最初我们答应过投资人，除非有研究成果拿出来，否则具体研究形式绝对不能让第三个人知道。”

“唐慎言，别忘了我不仅是你们的老师，还是你们的领导，你们也还是我研究所的一员。”

“这么说，老师是准备明抢了？”一个女声传出来，铿锵有力，不卑不亢。

“只是有几个项目，堆积了很久，你们这边如果没有什么进展的话，不如换去别的项目组。”

“呵，老师别忘了，我们这个项目已经和顾氏签过合约，如果突然叫停的话，违约费只怕研究所给不起。”

沈知在唐母这儿吃了瘪，气得一拍桌子，直接拂袖离开。

录音到这里就结束了，能够听出来，当时沈教授确实如他所说，并不属于主要研究人员，充其量不过是他们的领导，但是从沈知的言语来看，他或许已经猜到了他们的研究方向，至于知道多少，就不得而知了。

几人听完之后，皆是沉默。

过了好一会儿，晚安冷静地转头问段瑞城：“这个能当成有效证据吗？”

“需要回去检测，而且这些都只能表明他的作案动机，不能作为直接证据定案。”

说到这儿，晚安才想起叫段瑞城一块儿过来的用意："瑞城。"

"什么事？"

"秦叔叔去世后，是村民帮忙处理的后事，虽然县里的警察已经过来查过，房子也被粗糙地清理过，现场已经被破坏得很厉害，但是我还是希望你能找找，最好是能证明有别人来过。"

"我尽量。"段瑞城虽然答应，却也提前告知，"不过都过去这么久了，估计查不到什么。"

晚安也不勉强他："查不到，我再想别的办法。"

"所以……"开始前，段瑞城面色担忧地问她，"你已经确定就是沈知教授了吗？"

晚安抿着唇，没有回答。她深吸了口气，将那些资料收好，转身出门："我出去转转。"

段瑞城在这里并没有找到直接的线索，但是在秦泽的卧室里找到一份秦泽的体检单，上面显示秦泽的身体状况一切正常。除此之外，他在秦泽的床板底下找到一张照片，应该是秦家的全家福。

这样的结果，晚安也有所预料，毕竟就算沈知要威胁秦泽，也绝对不会亲自到这大山里来，花钱办事，要方便得多。

段瑞城看出她的失落，忍不住安慰道："也不是毫无收获，至少找到了他留给你的文件和录音。"

离开前，他们绕路去了一趟当时接管这件事的公安局，按理说调查证据并不是那么简单能看到的，幸运的是，段瑞城有个学弟在里面，破例让他们看了一眼。

看完之后，段瑞城给出结论："秦泽的自杀有问题。"

理由是，秦泽服用的安眠药，因为副作用太大，已被各大医院停用，而且价格昂贵，渠道单一。先不说小县城能不能买到，从秦泽家的摆设能够看出来，他十分节约，同类安眠药那么多，他绝不会买那一种。

回到藤川，与段瑞城分开时，晚安将秦泽留下的东西交给他："这些，你直接带去公安局吧。"

"你是不是还有别的事瞒着我？"

"没有。"她飞快地否认。

段瑞城看出她有意隐瞒，见顾寒山似乎早就知情，也就没再多问。

随后，顾寒山和晚安也就此作别，分开前，晚安告诉顾寒山她周末会去一趟沈知家，他如果要来的话，时间在周六。

接下来几天，晚安从别人口中听说藤大那边已经答辩完了，于是顺便去问了下卢远帆的情况，对方说答辩还算顺利，但论文还得再完善。晚安这几天正好没事，就答应帮他看一眼，顺便改了几个地方，卢远帆收到后，感激涕零，大手一挥直接说请她吃一周的下午茶。

中途，陈醉打电话来问她周末有没有时间逛街，晚安推辞说有事，让她打电话给池羽，结果被陈醉嫌弃。

她说："女人约男人逛街是最没有脑子的想法，得具体指向到喝咖啡、吃饭、看电影、喝酒，反正随便干点什么，都比逛街吸引人，还十分容易增进感情。”

这点晚安倒是十分赞同，毕竟逛街一听就十分无聊，当然，她更相信，陈醉如果真想约池羽，一定有八百万个方法请动对方。

周末，晚安等到中午才过去找沈知，去之前她给顾寒山发了条消息，那边只回了一个“好”字。

刚进小区，她就碰见卢远帆在楼下打篮球，对方看见她，十分惊讶：“姐，你今天怎么有空过来了？沈伯伯昨晚跟我爸下棋，还念叨你呢。”

“那我来得还挺赶巧。”

“可不。”卢远帆见她手里还提着不少东西，礼貌地问，“要我帮你拿上去吗？”

“不用。”晚安笑着摇头，指了指篮球场的方向，“你的女朋友还在等你呢。”

卢远帆朝她指的地方看了一眼，赶忙红着脸否认：“那只是我朋友。”

晚安没有深究，催促他自个儿去玩，就直接上楼。

她敲了敲门。沈知很快过来开门，见是她，疑惑里透出几分喜悦：“你今天怎么有空过来这边了？”

“项目刚告一段落，反正没什么事，就过来看看您。”晚安笑着解释，将带过来的东西一一放进冰箱，看见里面还放着吃了几顿的菜，本来想说什么，最终却一句话都没说。

她看了一眼厨房，发现沈知正准备做中饭，收起情绪，平静地说：“教授您去坐着吧，厨房交给我。”

沈知哪肯：“不用，你看会儿电视。”

晚安直接将他推到沙发坐好，然后进了厨房，这放在以前，该是多么温馨的画面，可如今晚安内心说不出的沉闷。

趁着烧菜的空隙，她状似无意地开口：“教授，你上次去藤大上公开课，看到拔尖的没？”

“都是些大一大二的学生，倒是能看出来有些理想抱负，别的恐怕还得看两年。”

“也是，卢远帆刚去学校，还准备转系呢。”

“没几个像你的，才大一就求着让我带着你参与研究呢。”

“我和他们不一样。”说到这儿，晚安的表情一顿，随后勉强地笑了笑。

和那些考学校的小孩不一样，她立志要做科研，全是因为父母，如果换个情况，她也许就会选择别的行业。

沈知闻言，连忙转移话题：“这段时间工作还顺利吧？”

“挺好。”晚安答，“前段时间因为我父母的事，耽误了些进度，现在基本上也追上来了。只是教授，您对当年的研究，真的一点都不知道吗？”

她目光灼灼地盯着教授，多希望此刻他能够对她坦承一些。

“那项研究可是保密项目。”

“那关于意外，你就没什么怀疑的？他们可是你最优秀的两个学生，不至于犯那种低级错误吧？”

“我怀疑有什么用，当时我所在的项目组的情况本来就严峻，研究又正在关键阶段，我几乎全身心投入到项目里，他们发生意外，我都只能抽出少量时间应对媒体和警方，调查本身也不是我的专长，警方那边下了结论，我们也不能反驳什么。”

说到这儿，沈知点了根烟，可才吸一口就咳嗽起来。好半晌，他有些遗憾地感叹：“要是他们没发生那样的意外，我们研究所的专家水平肯定会更上一层楼。”

“现在也不差啊，去年我们不是还被国家表扬了吗？”

“那都是虚名，没什么用。”沈知这点还是分得十分清楚，说完，笑着提醒晚安，“再不看看锅里的菜，我们今天恐怕就要出去吃了。”

晚安忙转身回厨房，朝锅里加了点水，不再继续闲聊。

很快，晚安用沈知已经准备好的食材，炒了几道拿手菜，刚端上桌，还没来得及动筷，就响起了敲门声。

晚安跑去开门，一打开，就看见池老和顾寒山站在门外。

“丫头，你也在啊？”

晚安赶忙笑着应道：“嗯，周末没事过来看看教授，您是来找教授的吧，这个点，应该也没吃饭，要不坐下一起吃？”说着，将两人领到餐桌旁。

沈知倒是不意外两人的到来，吩咐晚安又布了两副碗筷，然后打趣池老：“你可真会挑时间，正好碰上我们吃饭。”

池老忙笑着解释：“我可是特意掐着点来的。”

沈知今天心情应该不错，还吩咐晚安去酒柜拿了瓶红酒出来，与池老把酒言欢。

饭桌上，两位老人有说有笑，晚安和顾寒山很少插嘴。

用餐结束，顾寒山主动去厨房帮忙洗碗。晚安本来想拒绝，哪知池弋反而在一旁劝道：“他难得主动，你也就别拦着了。”

厨房内，晚安将水开到最大，问道：“有事？”

顾寒山直接将一个东西塞进晚安口袋：“一会儿你打开他的电脑，直接把这个插进去，不用多久，里面的东西就会传到池羽那边。”

晚安诧异地抬头看向顾寒山，连手上的动作都下意识地停下来，但看顾寒山并不愿意多说，她也就没多问。

等他们从厨房出来，池老和沈知已经在靠窗的棋盘上下起了棋，晚安在客厅找了一圈茶壶，没找到，只好问沈知。

沈知指了指书房：“昨天喝完忘了拿出来，你顺便将上次老卢从江苏带来的那包碧螺春给找出来。”

这倒是给晚安省了一个进书房的理由，她进去后，没去管桌上的茶壶，直接打开沈知的电脑，将顾寒山给她的 U 盘插进去，开始找别的证据。

沈知的书房晚安其实很少进来，当年住在这里的时候，也只是偶尔进来拿两本书，这会儿真要找东西，反而有些摸不清头脑，而且，哪怕是在家里，一些存放重要东西的地方，沈知也都上了锁。

正当她为难时，门突然打开，将晚安吓了一跳，见是顾寒山，她才松了口气，结果还被对方取笑："就你这胆子，竟然还逞能准备一个人来。"

"你怎么也来了？"

"沈知见你这么久没出去，以为你找不到，让我来告诉你，茶叶在书架抽屉第一层。"

晚安忙去将茶叶找出来，顾寒山去电脑前折腾了一番，也顺利拔出U盘关机，准备离开的时候，晚安忽然折回书架，在最底下的柜子里，找到一个文件袋，那里面有一份和秦泽那边相差无几的学术报告和几张时间久远的照片。

晚安粗略看了眼，迅速将它塞进自己衣服里，带上茶叶跟上顾寒山的脚步。出去后，她还不忘抱怨："教授，你怎么将茶叶藏得这么深。"

"这不是怕放眼前，没几天就给喝完了。"

晚安泡好茶，看着他们下了会儿棋，借口说要收拾些东西，便进了曾经住的房间。

顾寒山后脚跟进来，站在门口打量起整间屋子，有些失望地说："真是一点都不像个女孩子的房间。"

“女孩子的房间应该是什么样？”

“娃娃啊，花啊，总之不会像你这样，全都是书。”

“这都是教授送的，他见我喜欢看书，十几年里，总是动不动就给我买书。”

顾寒山挑了下眉，脸上表情依旧严肃：“他对你，还挺好。”

“还行吧，至少在你说之前，我从来没想过怀疑他。”晚安将那个文件袋里的资料拿出来看了眼，就直接装进去不再管，明显不是很想面对。

顾寒山走过去，轻轻将她抱进怀里：“你如果做不到的话，可以让我来帮你。”

晚安深吸了一口气，将头整个埋进顾寒山怀里，说道：“顾寒山，在得知那个人是你的时候，我崩溃、失望、难过，可现在，我只觉得胸口闷得难受，喘不过气来。”

她说：“我在这世上，已经没什么亲人了，我真的将他当成了家人，结果……”

“你如果想收手，我可以当作什么都不知道。”

晚安果断摇头：“不行，我一定要亲手为那件事画上句号。”

“好。”

本来已经说好晚饭一块儿出去吃，结果晚安临时接到电话，得知陈醉在国金大厦跟人打了一架，这会儿正在公安局喝茶。

她不得不匆忙赶过去，到了后才得知事情缘由。

故事狗血得很，原来是陈醉在酒吧跟人玩真心话大冒险，输了要去找人喝杯交杯酒，陈醉愿赌服输，挑到了对方男朋友，结果没想到被人拍了下来，正巧这个时候对方男友又主动提出分手，对方看到那个视频，自然将陈醉归为了第三者，这次不巧遇见，二话没说就直接上来揍人。

陈醉何许人呀，说她朝三暮四、花天酒地都行，唯独受不了被人说她当小三，两人互不相让，结果直接打进了公安局。

晚安一进去，看见被抓伤了脸和脖子的陈醉，脸不由得黑下来："不是说有了池医生就看不上任何男的了吗？"

"谁说我看上那男的了，也不瞅瞅什么样，哪能和我们家阿羽比。"陈醉一脸不屑地瞥了旁边的人一眼，冲警察说，"你们想让我给她道歉，没门。"

"对方说要以故意伤害罪告你。"

陈醉无所谓："告就告呗，反正我还是那句话，要我道歉，没门。"

"你这是不准备出去了？"

"反正也没住过你们这儿，住两天也没事。"

晚安见状，赶忙拦住陈醉，看了一眼对方被陈醉折断的手，好声好气同警察解释："麻烦你转告一下，他们如果以故意伤人罪起诉的话，我们也会以诽谤罪告他们的，没别的事，您看能不能让我们先签个字离开，去医院看下病，我朋友可还没对象，这脸要是花了嫁不出去，指不定赖上谁呢。”

警察面对这位看上去温婉端庄，却又不卑不亢的女人，料定如果真的死磕的话，他们绝对讨不到半点好处，最终将两人批评教育了一番，才放人。

池羽本来在家休息，从群里得知陈醉被人打伤，本来只是扫了一眼，并不准备去管，但一局游戏还没打完，他便坐不住，扔掉电脑往医院赶去。

见池羽过来，晚安立马善解人意地找了个理由脱身，将空间留给两人。

而她前脚刚走，池羽就直接将陈醉拖去了办公室：“不是很厉害吗，怎么还能被人打？”

陈醉刚准备张嘴反驳，结果扯到脸颊的伤，只能小声道：“那是你没见到那个人，一会儿恐怕要去做手术。”

池羽没理会，反而半眯起眼问道：“听说你去给人当小三？”

“胡说！”陈醉赶忙解释，“我就是跟她男朋友喝了杯酒，结果她男朋友要和她分手，她跑来说是我抢走了她男朋友，真的无语。”

“也不是没这可能，你不也一向对自己的魅力很自信吗？”

陈醉看了眼池羽，失落地说：“我已经怀疑很长一段时间了。”

“也是，毕竟脸都花了。”

“喂！”陈醉的脸立马拉下去。

池羽轻笑一声，冷着脸将她拉到跟前，一把拿过她手里的药。他手上的动作很温柔，小心翼翼生怕弄疼了她，嘴里却还是训道：“下次遇见这种人直接往死里打，我给你免医药费。”

陈醉听着心里乐了，忙笑着点头：“好，听你的。”

很快，池羽将里面的资料都整理出来，让顾寒山带来给了晚安。

她看完所有的资料，大致弄清楚了当时的事情。

原来，当时沈知自己的项目进展并不理想，在一次无意间得知了晚安父母的研究内容之后，认为他们的研究项目的社会影响和前景趋势都不错，就想加入研究组，甚至提出过将方向从癌细胞改造转到人体基因改造，从而达到长生不老的目的。

结果，这一想法遭到了晚安父母的拒绝，不仅如此，因为研究过程中，她父母发现项目出现了不可行因素，准备与投资人那边商量对策，还拟订了暂停研究的提案。

不巧的是，那份提案被沈知看见了，沈知认为他们是在放弃一个伟大的研究，几人观点不合，直接在实验室大吵了一架，这一幕，正好被秦泽看到。

知道她父母那边行不通，沈知将希望放在了秦泽身上，利用对方在研究生期间发表的论文存在学术造假嫌疑为要挟，让秦泽帮他盯着两人，最好是能拿到核心资料。

结果研究资料没拿到，却发现她父母准备检举他想要进行改造人体基因、改变细胞分裂这种有违人伦的研究，他担心自己的前途名誉受损，反复思量过后，决定一不做二不休，直接动手。

他暗中换掉了晚安父母的实验药品，让他们在研究过程中，发生意外，趁着她父母因为爆炸昏倒之时，他拿走了实验室的资料，利用线路短路，点了一把火，掩盖了他的罪行。

事实上，秦泽曾看见过沈知神神秘秘在实验室做过什么，本来还委婉地同晚安父母说过，当时两人似乎在忙别的事，并没有听出秦泽的提醒。因为沈知有秦泽的把柄，在被询问的时候，秦泽不得不将这一情节瞒了下来。

事故发生之后，秦泽担心沈知对他出手，主动辞去了研究所的工作，逃到了山里。

顾寒山后来告诉晚安，他确实去了实验室，进去的时候，火势还不算大，如果他没有先找样本，而是救人，或许也不会有悲剧发生。但他还没找到样本，她父亲率先醒来，听见她在外面，于是拜托他去救孩子，自己留下来处理实验室。

等他将晚安救出来，火势已经很大了，他试图进去，却被火给逼了回去，远处已经有消防车的鸣笛响起，为了不暴露身份，他只能带着伤悄悄离开。

看完所有的资料，晚安面无表情地给段瑞城打了通电话。

第十章

/有且仅有一个你/

01

晚安将所有的证据都交给警方，同时，她还向有关部门提交了一份检举报告。

事情办妥之后，她一连在家待了好几天，房间的电视机在播放着今天的新闻快讯，她想不用等多久，新闻上就会出现好多她熟悉的名字，而很快记者也会来找她。

可想到这些，她没有半分喜悦或者释然，

公安局那边根据她提供的线索，拘留了沈知。听说警察是连夜过去抓的人，当时，沈知甚至还在他的实验室里，进行着他的研究。

这些都是她后来听段瑞城说的。

证据确凿，加上警方还在他家找到他花钱买凶，以及购买安眠药的记录，他不得不对他的罪行供认不讳。

晚安被依例问询的时候，顺道去看了一眼沈知。

她问："教授，为什么？"

"我不能让他们毁了我。"

"所以，你就要杀了他们？"

沈知恶狠狠地吼："我恨不得将一辈子都献给科研，怎么会甘愿落得声名尽毁的下场。"

晚安不由得皱起眉："那秦叔叔呢？他都已经躲进山里了，你怎么还要这样对他？"

"他知道的事情太多了，你不也想从他那儿找到线索吗？我知道学术造假可能已经威胁不到他，于是我直接用你的生死做了条件。"

"这就是你当初收养我的目的？"

"不全是。不过有你在，秦泽就不会轻举妄动。"

呵，原来从头到尾，都是一场虚情假意。

从公安局离开后，晚安去了一趟研究所，所长的位置已经由郑副所长暂时接替，晚安主动过去请辞，毕竟是内部人员越级举报，她知道这种情况的严肃性。

意外的是，郑副所长接过她的请辞书，直接塞进了抽屉，对她说："所里体恤你这段时间的遭遇，同意给你放两个月的假，你手头上的项目继续给你，别让我等太久。"

晚安还想再说什么，却被郑副所长以还有事要忙，给请了出去。

晚安站在研究所的大院里，望着那栋旧实验楼，思绪不自觉地飘远，连顾寒山来了都没有发现。

他什么也没问，走到她身边，过去轻轻拍了下她的肩膀。

晚安抬头见是他，咧着嘴露出笑脸："顾寒山，谢谢你。"可笑着笑着，她鼻尖却越发酸涩，眼眶不自觉地红了起来。为了不让对方看出她的难过，她赶紧埋下头，没想到顾寒山直接将她拉进怀里。

"没事了，都过去了。"

头顶的声音温柔又动听，让晚安瞬间防线全无。

在她知道当年发生的种种之后，在她亲手将沈知送进公安局的时候，在她从沈知口中得知所有真相之后，她都冷静得没有流一滴泪。可此刻，顾寒山不过安慰了她一句，她就觉得委屈极了。

这些年，她活在一个虚假的感情世界里，她将沈知看作这世上唯一的亲人，却发现对方竟是杀父杀母的仇人。

她试图安慰自己，这世上，谁也不比谁好过，只是她遭受的磨难相对多一些，却也不是那么不能承受。

可当顾寒山将她拥到怀里，小心翼翼安慰她的时候，她才发现，不管经历多少磨难，该伤心的还是会伤心，该难受的还是会难受，不流泪也不代表就无坚不摧了。

顾寒山知道她心里的难受，却又不知道该怎么安慰，干脆什么都没说，等她自己整理好情绪，才开口问道："一会儿吃什么？"

晚安不解："你来就是找我吃顿饭的？"

“不然呢。”顾寒山解释，“池羽最近都和陈醉在一块儿，我这段时间都是一个人吃外卖的。”

“骗人。”晚安拆穿他，“池医生明明说你的厨艺很好。”

“那你想不想尝尝？”

“好啊。”晚安脸上明明还挂着泪痕，眼睛却笑得弯成了一汪明月。

说起来，晚安还是第一次见顾寒山做饭。厨房里的男人，挽起袖子露出紧实的小臂，修长的十指骨节分明，淘米切菜，动作行云流水，十分赏心悦目。

“需要帮忙吗？”晚安半倚在门口故意问道。

“不用。”

答案在意料之内，晚安也不强求，乐得站在门口当监工。

不知过了多久，她忽然感慨：“顾寒山，你觉不觉得这像极了某幅西方名画。”

顾寒山疑惑。

“《最后的晚餐》啊。”

“胡说。”顾寒山低声轻斥。

晚安脸上带着淡淡的笑容，尽量语调平静，状似无意地问：“顾寒山，你有没有什么特别想去的地方？”

“没有。”顾寒山回答得很快，“怎么了？”

“所里给了我两个月长假，正愁该怎么打发。”

顾寒山一边炒菜，一边给她建议：“和陈醉出去度个假，然后看几场演出，不想出门的话，在家看看书、看看电影也行，就差不多了。”

“你这几百年就是这么打发时间的吗？”

“那没有，我没你那么能静得下来，何况我活着的好多年可都不是现在这种太平盛世。”

晚安淡淡地笑着，顺其自然地发出邀请：“度假的话，你陪我一起吧。”

“我——”顾寒山下意识想拒绝，结果被晚安抢先打断：“别说没时间，你忙不忙我可是一清二楚，也别说不方便，我都不怕，你怕什么呀。”担心顾寒山再顾左右而言其他，晚安假装憧憬起来，“到时候，我会叫上陈醉，最好把池羽也骗出去，我们好好玩几天。”

如此，顾寒山还真不知道该怎么拒绝，正好菜炒得差不多，干脆避而不谈：“盛饭吧，我把菜端出去。”

顾寒山的菜确实炒得不错，据他自己说，几百年的日子实在太难熬，所以闲着没事学了几项爱好。晚安不解，这么看来，顾寒山哪里像是急于求死的人。

晚安将被迫休假的消息告诉陈醉，对方立马紧锣密鼓地开始安排起行程来，恨不得在两个月内横跨大江南北，把国内国外玩个遍，在提议被晚安一一否决后，最终将地点定在了万水之城——千江。

千江也算得上是古城，而且当地的菜色繁多，是出了名的美食之都，最主要的是这个季节，气温正好。

两人在网上订好民宿，询问了那边近期的天气，以便于整理衣物，一切准备就绪，陈醉便开始去磨池羽。

都说女追男隔层纱，看他俩，晚安觉得就算是隔座山，也该被陈醉这似火的热情给烧秃了。

在陈醉的软磨硬泡之下，池羽终于顶着池老的压力，腾出来几天假，原以为家里老爷子不会放人，结果顾寒山只在旁边轻飘飘地说了一句："和女孩子出门旅游。"老爷子一听，二话没说，甚至自己还揽去了医院的事情。

池羽诧异："你怎么知道？"

顾寒山神色淡然："我也去。"

"所以，你和那丫头现在是怎么回事？"

当初，顾寒山拿出那份模棱两可的证据，故意让晚安误会，池羽其实并不赞同，毕竟那对晚安来说太不公平，结果没想到晚安会记起来当时的事，听说两人为此还大吵了一架，至于怎么解决的，池羽不知道，但那之后不久，顾寒山又开始积极地帮人找证据。

要说顾寒山为此放弃结束生命，也不太可能，可不是那样，两人现在的状态也不对，真是让人难以捉摸。

"没什么。"顾寒山摇头，漫不经心地感叹了一句，"或许，没找到她也好。"

池羽提醒他："没找到她，你现在恐怕还在想着怎么弄死自己。"

"也对。"

人啊，总是得撞了南墙才愿回头，当然，也有撞了南墙都不回头的。

几人直接开车过去，晚安一上车就睡了过去，原因是昨晚被陈醉拉着聊到半夜。

相比之下，陈醉倒是精神十足，还有力气同池羽玩游戏。中途，换池羽开车，顾寒山也说累了，同晚安一块儿在后座睡着了。等他们开到千江，已经接近黄昏。

将行李放到民宿后，他们出门觅食。

这座万水之城，真是三步一座桥，几人选了一家沿河的餐馆，顶楼是露天的。他们在靠河边的座位入座，头顶是满天红霞，脚下是小桥流水，依依杨柳，别有一番风味。

陈醉问大家明天有什么安排没，说剧场会有地方戏的表演，当然也有水览千江的游船可以一坐就是一天，都不去的话，就随便逛逛也行。

晚安看了一眼顾寒山，表示："看到时候大家想干什么，反正我们是出来度假，慢慢玩，不着急。"

说慢慢玩，池羽就不乐意了："你们是不着急，我可是好不容易才腾出的几天假。"

顾寒山直接拆台：“放心，老爷子不会催你的。”

这一顿，大家谁也没少吃，从餐厅离开，见时间还早，正好走路消消食。

路上，路过一所学校，正好碰上小孩子上晚自习，蹬着一辆一辆自行车往学校赶去，速度不慢，生怕迟到。

身后传来一串铃铛声，晚安还来不及反应，顾寒山已经将她拽到了身边。

对方微凉的指尖，紧贴着她的手腕，晚安抬头对上顾寒山略显紧张的眼眸，微微一笑：“要不是你，这就是我第二次被自行车撞了。”

想起两人的第三次见面，那会儿她连续忙了几天，回家的路上，因为在想实验的事情，差点和自行车撞上，当时顾寒山为了救她，还弄伤了手。

顾寒山无奈地训道：“那以后走路记得专心点，多看路，别一想问题就出神。”

晚安却故意唱反调：“记不得，就等撞疼了，再长记性。”

“那也行。”

见她难得耍小脾气，顾寒山顺着她的话往下接。

只是晚安听着，反倒觉得顾寒山在敷衍自己，脸不自觉耷拉了下去。

随后几天，他们基本上都是跟着陈醉走，不过偶尔晚安会以不想出门为由留在民宿，同顾寒山一起，拿两瓶果酒，或是咖啡，配上民宿新出炉的甜点，就那么坐一下午。

几人差不多在千江待了一周，临走前一晚，民宿的老板给几人准备了一个送别会。

音乐、烧烤、啤酒，一应俱全。

陈醉属于一喝酒就停不下来的那种，民宿老板又热情好客，自然舍命相陪，等到结束，两人都喝得意识模糊。陈醉喝醉后一直扒在池羽身上，甩都甩不掉，池羽扶着她去洗手间吐了两次，就直接将她扛回房间。

晚安虽然也喝了点儿，但还算好，于是留下来和民宿员工一起收拾物品。等忙完，她才发现顾寒山竟还在院子里，不自觉靠了过去。

“还不睡？”

“坐会儿。”顾寒山往旁边挪了挪，让出位置给她，“你呢，不去看着陈醉？”

“放心，有池医生在，一时半会儿用不到我。”她将剩下的啤酒递给顾寒山一瓶，“顾寒山，你有没有什么特别想做的事情？”

顾寒山喝了口酒，等了好一会儿，才说：“没有，活了几百年，想做什么早就做过了。”

“没什么遗憾想要弥补的？”

“没有。”这次顾寒山答得很快，“世上哪有那么多遗憾，看开了就理解了。”

晚安猛地灌了一大口酒，表示：“可我有。”她转过头，眼神略带迷离地看着顾寒山，“我想再吻你一次。”

见顾寒山不说话，晚安缓缓朝顾寒山靠近。事实上，晚安很紧张，眼见着快要碰到，却被顾寒山直接按回了原地。

“你喝醉了。”他说。

“当然。”晚安坦然承认，“我没喝醉，怎么和你说这些。”

顾寒山没有回答，闷头猛地一口直接将那一瓶啤酒喝完，起身往屋内走，甚至不忘提醒晚安：“时间不早了，进屋休息吧。”

晚安没有理他，直到身后的脚步声越来越远，她突然站起来，冲那抹背影喊道：“顾寒山，我答应你的，一定会做到，从这儿回去我就履行我的承诺。”

男人脚步一顿，最终什么都没说，直接进了屋子。

陈醉因为醉酒，早上起来，头还涨得有些疼，在楼下喝了杯柠檬水，才稍微好一点。

几人用了午餐就准备离开，走之前，民宿老板非拉着大家合了张影。

回到藤川已经是晚上，他们先开车到医院，然后池羽开了另一台车送陈醉，剩下顾寒山来送晚安。

顾寒山将晚安送回住所，两人互相道别。可晚安刚下车，就听见顾寒山又说：“我送你上楼。”说着，不给晚安任何反驳的机会，直接迈开步子，走到门口等她。

晚安无奈地掏出门禁卡，身后传来汽车落锁的声音，她虽然诧异顾寒山怎么会突然开口送她上楼，却还是什么都没问。

一路沉默，进门前，晚安忽然转头问顾寒山：“要进去坐坐吗？”

顾寒山摇头：“不了。”

晚安也没再多做挽留，就在她打开门准备进去的时候，身后却传来顾寒山的声音：“明天，再见。”

“好。”

她应着，又听见顾寒山补充了一句：“下次别随便邀请男人进家里。”

这次晚安没有回答，正好电梯也到了，顾寒山抬脚走进电梯，而晚安站在门口，一直到楼道的灯熄掉，才走进家里。

02

那个说好从千江回来，就履行承诺的丫头，却在回来之后，迟迟没有出现。

一直到陈醉的电话打到他这里：“顾寒山，晚安在你那儿吗？”

“没有。”

陈醉疑惑：“不可能啊，她电话打不通，我去她家没找到人，卢远帆说她也没去研究所，除了你那儿，她还能去哪儿？”

顾寒山眉头一皱，语气变得严肃起来：“什么时候联系不到她的？”

“从千江回来之后，我一直忙着店里的事，今天刚闲下来，结果一打电话，发现她手机关机了。”

“她平时可能会去的地方找了吗？”

“平时她就是家和研究所两点一线，今天这样，我也是第一次碰见。”

“没事，我先去找找看，再不行，就报警吧。”说着，顾寒山迅速换了件衣服，直接出门。

事实上，他也不知道晚安会去哪儿，甚至试图压下心里不安的念头，告诉自己她或许只是一个人待着，忘了看手机。

下意识地，他还是将车开到了研究所，就算陈醉已经说过她没来这儿。他看着研究所，想着既然已经来了就进去看看吧，毕竟那丫头一有事，就喜欢待在实验室。

真是幸运，他走到旧实验楼，就看见晚安坐在那间实验室最里面的实验桌前，面前什么都没摆，她也什么都没做。

见到顾寒山，她似乎一点也不意外。

“你来了啊。”

“陈醉打电话给我，说你不见了。”顾寒山神色淡然，然而当他从陈醉那儿听说她联系不上时，别说多害怕，就那种手足无措的慌张，已经很久没有过了。

原以为活了几百年，他早就看惯人情世事，却仍在碰到她的事时，慌乱无措。

“我把手机关机了。”晚安没有动，自顾自地说，“我这段时间都待在这儿，研究所最近在忙各种事情，就这儿最安静，我抄了上千条公式和方程式，留在这儿的实验器皿我洗了两遍，可我还是不敢去找你。”

她内疚地说：“抱歉，我也不想食言的。”

顾寒山找了张椅子在她旁边坐下：“没关系，我可以一直等你。”

“不怕等不到吗？”

曾经某一刻，她真的希望那一切都是假的，只是顾寒山逗她玩的玩笑，也希望现在顾寒山能说一句“等不到也没关系”。

然而，对方却十分真诚地表示：“我信你，一定不会让我等太久。”

她问顾寒山：“你知道我最后悔什么吗？”说完，又自己回答，“我后悔当初那么莽撞，撞翻了你的药，我后悔后来控制不住自己的内心，想靠近你。”

顾寒山不知该如何作答。她后悔当初遇见他，他又何尝不是，可他什么都做不得，也说不得，能说什么呢，她要的他给不了，更不想某一天，在她面前变成可怖的怪物。

“晚安，向前看吧，眼睛只要一直盯着前方，就不会看见那些被落下的人和事。”

那样，他就会在漫长岁月中，变成她生命里无足轻重、微不足道的过客。

“前面要是没路了呢？”

“不会没路，只是一时的山重水复，走近了就会看见柳暗花明。”

“骗人。”晚安不想听他讲这些大道理，然而最后又突然笑着说，“顾寒山，和你认识，其实也挺好的。”

两人一直坐到很晚，最后，顾寒山本来打算送晚安回家的，对方却说，想走回家，如此，顾寒山也不强求。只是晚安走了一路，顾寒山的车也就匀速跟了一路，一直到看着她进入小区。

顾寒山答应晚安，等她收拾好情绪，可这话说出去没多久，藤川连着好几天，一到晚上就下暴雨、闪雷电。

这种天气，对顾寒山来说是十分难熬的，连续几晚的痛心剔骨，让他最后连发怒的力气都没了，每天只是蜷缩着身体在地毯上，偶尔会半倚着沙发。

池羽过来看他时，问他要不要联系晚安，他拒绝了。

他信那丫头，也不想逼她，他笃定她不会让他等太久。

果然，在某个暴雨夜，晚安终于出现了。

她穿着简单的 T 恤长裤，头发被她随意扎在脑后，脸上素净，却轻易让人心动。外面雨势很大，她的头发和衣物已经有些湿意，却丝毫不在意，只是看着顾寒山柔声说：“我来了。”

顾寒山已经疼得意识模糊，却还是在看清来人之后，努力挤了个笑脸：“嗯！”

那把刀就摆在桌上，顾寒山胸前的暗色说明他已经疼得做过无数次的尝试，答案很显然。

晚安心疼难挨，疾步走过去抱住满脸胡楂、疼得颤抖的男人：“对不起，顾寒山，对不起……”

“别哭。”怀里的男人忍着疼痛安慰她，“晚安，是我该谢谢你。”

第一次，他没有在因为剧痛意识模糊的时候，将她误认成怜春；第一次，他抱着她安慰她，别哭。

可越是这样，晚安眼里的泪反而越多。

她狠狠擦了两把眼泪，哽咽地说：“好，我不哭。”

“来，扶我一把。”顾寒山说。

他不想以这样的姿势，这样痛苦又胆怯的姿势离开这个世界。他请求晚安：“帮我，梳个头发吧，胡子……”想了想，又说，“胡子就不刮了，这样也挺好的。”

晚安含着泪点头，与第一次相见比起来，顾寒山的头发已经长了不少，本来只到下巴的长度，现在已经长到了肩头，连着几天不打理，卷发已经显得有些凌乱。

她没找到梳子，直接用手顺了顺他的头发，最后直接习惯性地在手腕上找发绳，没找到干脆扯下自己头上的。

一切都做完，她终于伸手去拿桌上的刀。

握着这把刀，那些关于这把刀的记忆就扑面而至，她克制着自己不去管这些，坚定地看着眼前的男人，手却迟迟按不下去。

“真的够了吗？”

“我这一生活得比任何人都久，怎么会不够呢？”

“可是——”

她的话还没有说完，顾寒山却突然伸手将她拉进怀来，而那把刀就那样轻易地插进了他的胸膛，她瞬间感受到一片温热。

她赶忙松开刀，想从顾寒山的怀里挣脱出来，却被对方抱得更紧。

顾寒山将头搁在她肩上，声音温和地说：“谢谢你，晚安，别怕，忘了我，就当我从来没在你的生命里出现过，也别躲着一个人哭。有问题可以随时找池羽，他一定会全力帮你的。别总是闷在实验室，应该多出去走走，别总是熬夜，要按时吃饭，还有……”

他真的不想把她弄哭，也想一直陪在她身边，和她一块儿老去，只是这些，就让它变成秘密好了。

“你别说话了！”晚安用尽全力，总算从顾寒山怀里挣脱，望着满手的血，又看着顾寒山胸口插着的刀，下意识想去止住流血，可那些曾经在书本上了解过的急救方法都用上了，却不见成效。

“怎么办，止不住。”她声音颤抖，急得手足无措，“顾寒山，你的身体不是愈合能力很好的吗？怎么血一点都止不住，怎么会这样……”

她强迫自己冷静下来，想起池羽，连忙打电话过去。

对方好像在忙，电话响了半天才接起来。

“池医生，快来救救顾寒山，他流了好多血，我止不住。”

池羽一个激灵：“我马上来。”他立马安排急救车出动，带了急诊室最好的护士和医生直接赶过去。

不过十多分钟，救护车就停在了楼下。

池羽率先冲上去，在看见房间的情况后，什么都没说，直接过去查看顾寒山的情况。

晚安被一群医护人员挤到了一边，看着他们迅速对顾寒山进行了简单的治疗，直接抬上了担架就离开。晚安本来打算跟上去的，可刚迈出步子又顿住，还是池羽回头说：“我让陈醉过来接你。”

陈醉将晚安送到医院时，顾寒山还在手术室，这个手术是院长亲自操刀的，相关科室的医生都被叫了进去，院长下了死命令，不管用什么方法都要保住这个人的命。

也该庆幸，晚安那一刀，因为是顾寒山突然靠近，避开了致命部位，而且也因为顾寒山那惊人的自愈能力，暂时护住了他的心脏。

手术难度凶险，整整进行了八个小时。

陈醉全程陪着晚安，一个劲地安慰她，告诉她池羽一定会救下顾寒山的，毕竟就算池羽不行，还有那么多主任医师在里面。

手术室的门一打开，晚安立马站起来迎上去，还险些摔倒，可到了跟前，她又胆怯了，最后还是陈醉开的口：“怎么样，没事吧？”

池羽一脸疲惫，给了晚安一个安心的微笑：“重症监护室待几天，不出意外的话，没太大问题。”

晚安悬着的一颗心才总算落了下去，整个人也昏了过去。

顾寒山是在第三天傍晚转醒的，意识到自己是在医院后，开口第一句话就问：“晚安呢？”

池羽啐了他一句“重色轻友”，立马安排人通知晚安。

见到顾寒山，晚安憋了好几天的泪，立马淌了出来，她委屈巴巴地抱怨：“顾寒山，我这二十几年的泪，都在遇见你之后流完了。”

顾寒山因她的话，淡淡地笑起来。

饮食方面，有池家的人，倒也用不着晚安操心，不过正好她在休假，所以每天都会准时来医院报到。

关于这一切，池羽已经同池家解释过了，池老难得生气，半点面子不给地将顾寒山劈头盖脸地骂了一顿，顾寒山最后只好拿晚安出来挡枪：“老爷子，你再这样，那小丫头又该哭了。”

顾寒山的病一天天好转，池羽趁机给顾寒山做了一个全面的检查，身体机能一切正常，没发现任何问题，为此，他拜托晚安做了一个细胞活性测试，也没找到任何问题。

他问顾寒山：“怎么办？你好像失败了。”

顾寒山其实已经想过这个结果，却难得没有再去计较：“那就这样吧。”

他十分肯定，东西没错，人也没错，从头到尾，一切事情的进行都没有任何失误，至于这个结果的出现，他捉摸不出对错。

不过，这样也好。

他想起每天守在病房的晚安，心里不禁暗自欣喜。

晚上，晚安过来的时候，顺便说了一件事："我过几天得回研究所，就不过来了，反正有池医生在，你也饿不死。"

顾寒山听着，心里总觉得不舒服。他板着脸抱怨道："没良心的丫头，救过你这么多回，留下来多照顾我一两天不过分吧。"

"就一两天？"

"一辈子可以吗？"

晚安脸一红，忙说："不行，我过两天就要回研究所，郑所长已经催了好几回了。"

顾寒山正欲开口，却突然捂着胸口，模样痛苦，吓得晚安忙去按床头铃，结果却被顾寒山拉到身旁："照顾我，不耽误你去研究所。"

两人的距离那么近，近得晚安抬眼就只能看见顾寒山的眼睛，他眼里带笑，不等晚安回答，就直接说："我就当你答应了。"

晚安本来还想反驳的，可面对他那双星辰似的眸子，心想，答应就答应了吧，反正也不会再有其他人了。

这个他在茫茫人海里看一眼就认出的人，有且只有她。

让他本已封闭的心，再次变得柔软的人，有且仅有她。

未来，天高海阔，岁月静好，他亦有且只想和她一一看遍。

后记

到这里，顾寒山和晚安的故事就要和大家说再见了。

起初，我只是想写一个矛盾的故事，一个我喜欢你，却又不得不来杀你的故事。

于是，顾寒山和唐晚安就出现了。

他们，一个是因为某种契机，获得永生，而在经过了漫长且充足的人生后，希望和自己的人生好好道一次别的人；而另一个，是对方等了几百年，唯一能够杀掉对方的人。

即便这样，从一开始，我也不准备走悲情路线，毕竟，顾寒山虽然在活着的几百年里，一直忍受着身体的痛症，看似冷漠，却保持着一颗善良的心，哪怕是在痛症面前，也只是暴躁异常，连意识模糊时都没真正伤害过谁。

他一边与人保持距离，一边却渴望各种情感，他爱晚安，却又希望晚安不要爱上他，他其实本身也是个很矛盾的人。

他一边渴望着，一边又害怕着。

而晚安呢，她幼时失去双亲，后被沈知收养，一直以来她从未灰心丧气过，也不觉得自己的生活有多不堪，为了完成父母的愿景，她积极地活着，一路上勇往直前，不惧艰难。

他们在并不怎么美好的情况下相遇，在漫长的相互陪伴之后，成为彼此的不可分割。

写的过程中，我几度犹豫，我不知道应该怎么去把握两个人之间的感情，顾寒山爱而隐忍，晚安爱而胆怯，两个都不是直接的人，所以一直到最后，两人才互通心意。

写这个稿子的时候，天朗气清，惠风和畅。听着一些舒缓温柔的歌，缓慢地开始了这个稿子，一直到结束，都没有太多波澜，大概是大纲写得还算通畅，所以在后面书写的时候，也只做了一小部分的调整，勉强算顺利。

中途出去见了些朋友，喝了些酒，谈天说地，日子还算自在，回来之后，小伞倒是有再约过我，不过我拒绝了。

后来就一直宅在家里，错过了一部又一部上映的电影，因为一个人去看电影，实在太孤单了些。赶稿子的时候，因为太想吃方便面，于是在完稿的当天，我化了个全妆，去街上买了十几袋方便面，又回来了。

问我为什么这么折腾，大概是因为怕太久不出门化妆品过期吧。

我有时候想，如果顾寒山放弃了寻找唐晚安，而又或者，唐晚安像我一样，太爱宅在家里，两个人会不会就错过了。

不过又一想，世上的大多数事情，都是冥冥中的注定。比如，多停下来喝了一杯奶茶，错过了回家的末班车，却碰见了许久不见的朋友；比如，你在书店看到了我的书，然后我们就通过某种浪漫的方式相遇了……

命运，有时候就是这么奇妙。

狸子小姐